U0080101

STS

山田社

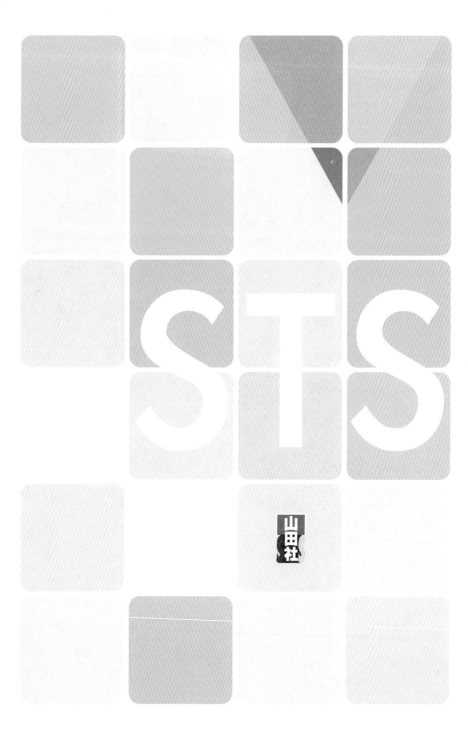

STS

山田社

史上最強單字集

作者群：吉松由美, 田中陽子, 西村惠子

前言

如果您日語學了一段時間，現在希望：
「能用日語表達自己的意見」，
「想在職場上跟日本人交涉、談生意更得心應手」，

「想讓自己更有創意」，
「想在工作與日語學習上，獲得更好的成績」！

那麼，您的日語就是想從初階突破到中階了。

這樣您進步的關鍵在：

一本充實的生活、職場用的日語單字及例句書了。本書內容有：

365天日本人天天用的

1500單字，生活日常、職場應對、旅遊必備，單字、對話，
讓您一次學會！本書讓您，一冊在手，妙用無窮。

還有，隨時隨地成就您日語能力的4大關鍵：

1.**瞬間記憶**－考試會考、生活好用的單字，搭配實用例句，瞬間讓單字記憶在腦海中。

2.**串連歸納**－一次記住單字相反詞、類義詞，讓您記一個字，同時也記一串字。

3.**記憶密碼**－每個例句都如一個故事畫面，通過想像力把故事跟單字結合起來，如同掌握單字的記憶密碼。

4.**多聽聲音**－打開MP3即可聆聽日籍老師朗讀單字及例句，無論想站著聽、坐著聽、趴著聽、躺著聽，怎麼聽都行！累積單字聽力次數，保證單字記一輩子！

本書特色：

1. 工作生活都好用的1500單字大公開。依照日本國立國語研究所「日本語教育基本語彙調查」之基準，精選出來，也是日語檢定N3程度的內容。不僅考試會考、生活好用，基礎自學、進階加強、自我提升，都是最佳的學習好幫手！

2. 單字搭配的例句，生動又有趣，好像在看漫畫跟日劇，讓您生活、職場單字及會話能力，一次賺到！另外，還特別挑選的相反詞、類義詞，讓您記一個字，同時也記一串字。

3. 例句內容涵蓋生活中的點線面，及生活中隨處可見的人事物，讓你學得到也派得上用場。

4. 漂亮發音的關鍵在於「多聽」。隨書附上們精心錄製的朗讀MP3，多聽正確的發音，開口說出漂亮的日語，一點都不是難事！建議您邊聽邊模仿老師的聲音大聲唸，再把自己的聲音錄下來，比較兩者的差異。一邊學習單字一邊培養好耳力，當耳朵能聽清楚「短的單字」，那麼「長的句子」當然不成問題囉！

目録

詞性說明

詞性	呈現	定義	例（日文／中譯）
名詞	名	表示人事物、地點等名稱的詞。有活用。	門 もん ／大門
形容詞	形	詞尾是い。説明客觀事物的性質、狀態或主觀感情、感覺的詞。有活用。	細い ほそ ／細小的
形容動詞	形動	詞尾是だ。具有形容詞和動詞的雙重性質。有活用。	静かだ しず ／安静的
動詞	動	表示人或事物的存在、動作、行為和作用的詞。	言う い ／說
自動詞	自	表示的動作不直接涉及其他事物。只説明主語本身的動作、作用或狀態。	花が咲く はな さ ／花開。
他動詞	他	表示的動作直接涉及其他事物。從動作的主體出發。	母が窓を開ける はは まど あ ／母親打開窗戶。
五段活用	五	詞尾在ウ段或詞尾由「ア段＋る」組成的動詞。活用詞尾在「ア、イ、ウ、エ、オ」這五段上變化。	持つ も ／拿
上一段活用	上一	「イ段＋る」或詞尾由「イ段＋る」組成的動詞。活用詞尾在イ段上變化。	見る み ／看 起きる お ／起床
下一段活用	下一	「エ段＋る」或詞尾由「エ段＋る」組成的動詞。活用詞尾在エ段上變化。	寝る ね ／睡覺 見せる み ／讓…看
變格活用	變	動詞的不規則變化。一般指カ行「来る」、サ行「する」兩種。	来る く ／到來 する ／做
カ行變格活用	カ・カ變	只有「来る」。活用時只在カ行上變化。	来る く ／到來
サ行變格活用	サ・サ變	只有「する」。活用時只在サ行上變化。	する ／做
連體詞	連體	限定或修飾體言的詞。沒活用，無法當主詞。	どの ／哪個
副詞	副	修飾用言的狀態和程度的詞。沒活用，無法當主詞。	余り あま ／不太…

副助詞	副助	接在體言或部分副詞、用言等之後，增添各種意義的助詞。	〜も ／也…
終助詞	終助	接在句尾，表示説話者的感嘆、疑問、希望、主張等語氣。	か ／嗎
接續助詞	接助	連接兩項陳述內容，表示前後兩項存在某種句法關係的詞。	ながら ／邊…邊…
接續詞	接續	在段落、句子或詞彙之間，起承先啟後的作用。沒活用，無法當主詞。	しかし ／然而
接頭詞	接頭	詞的構成要素，不能單獨使用，只能接在其他詞的前面。	御_お〜 ／貴（表尊敬及美化）
接尾詞	接尾	詞的構成要素，不能單獨使用，只能接在其他詞的後面。	〜枚_{まい} ／…張（平面物品數量）
造語成份（新創詞語）	造語	構成復合詞的詞彙。	一昨年_{いっさくねん} ／前年
漢語造語成份（和製漢語）	漢造	日本自創的詞彙，或跟中文意義有別的漢語詞彙。	風呂_{ふ ろ} ／澡盆
連語	連語	由兩個以上的詞彙連在一起所構成，意思可以直接從字面上看出來。	赤_{あか}い傘_{かさ} ／紅色雨傘 足_{あし}を洗_{あら}う ／洗腳
慣用語	慣	由兩個以上的詞彙因習慣用法而構成，意思無法直接從字面上看出來。常用來比喻。	足_{あし}を洗_{あら}う ／脫離黑社會
感嘆詞	感	用於表達各種感情的詞。沒活用，無法當主詞。	ああ ／啊（表驚訝等）
寒暄語	寒暄	一般生活上常用的應對短句、問候語。	お願_{ねが}いします ／麻煩…

其他略語

呈現	詞性	呈現	詞性
反	反義詞	比	比較
類	類義詞	補	補充説明
近	文法部分的相近文法補充	敬	敬語

詞性	活用變化舉例			
	語幹	語尾		變化
形容詞	やさし (容易)	い		現在肯定	<u>やさし</u> + <u>い</u> 語幹　　形容詞詞尾
			です		<u>やさしい</u> + <u>です</u> 基本形　　敬體
		く	ない（です）	現在否定	やさし<u>く</u> ー+<u>ない</u>（<u>です</u>） （い→く）　否定　敬體
			ありません		ー+<u>ありません</u> 否定
		かっ	た（です）	過去肯定	やさし<u>かっ</u> +<u>た</u>（<u>です</u>） （い→かっ）　過去　敬體
		く	ありませんでした	過去否定	やさし<u>くありません</u>+<u>でした</u> 否定　　過去
形容動詞	きれい (美麗)	だ		現在肯定	<u>きれい</u> + <u>だ</u> 語幹　　形容動詞詞尾
		で	す		<u>きれい</u> + <u>です</u> 基本形　「だ」的敬體
		で	はありません	現在否定	きれい<u>で</u> +<u>は</u>+<u>ありません</u> （だ→で）　　否定
		で	した	過去肯定	きれい <u>でし</u>　<u>た</u> （だ→でし）過去
		で	はありませんでした	過去否定	きれい <u>ではありません</u>+<u>でした</u> 否定　　過去
動詞	か (書寫)	く		基本形	<u>か</u> + く 語幹
		き	ます	現在肯定	か <u>き</u> +ます （く→き）
		き	ません	現在否定	か <u>き</u> +<u>ません</u> （く→き）　否定
		き	ました	過去肯定	か <u>き</u> +<u>ました</u> （く→き）　過去
		き	ませんでした	過去否定	<u>かきません</u>+<u>でした</u> 否定　　過去

動詞基本形

相對於「動詞ます形」，動詞基本形說法比較隨便，一般用在關係跟自己比較親近的人之間。因為辭典上的單字用的都是基本形，所以又叫辭書形。
基本形怎麼來的呢？請看下面的表格。

五段動詞	拿掉動詞「ます形」的「ます」之後，最後將「イ段」音節轉為「ウ段」音節。	かきます→かき→かく ka-ki-ma-su → ka-ki → ka-ku
一段動詞	拿掉動詞「ます形」的「ます」之後，直接加上「る」。	たべます→たべ→たべる ta-be-ma-su → ta-be → ta-be-ru
不規則動詞		します→する shi-ma-su → su-ru きます→くる ki-ma-su → ku-ru

自動詞與他動詞比較與舉例

自動詞	動詞沒有目的語 形式：「…が…ます」 沒有人為的意圖而發生的動作	<u>火</u> <u>が</u> <u>消えました</u>。（火熄了） 主語　助詞　沒有人為意圖的動作 ↑ 由於「熄了」，不是人為的，是風吹的自然因素，所以用自動詞「消えました」（熄了）。
他動詞	有動作的涉及對象 形式：「…を…ます」 抱著某個目的有意圖地作某一動作	<u>私</u>は <u>火</u> <u>を</u> <u>消しました</u>。（我把火弄熄了） 主語　目的語　有意圖地做某動作 ↑ 火是因為人為的動作而被熄了，所以用他動詞「消しました」（弄熄了）。

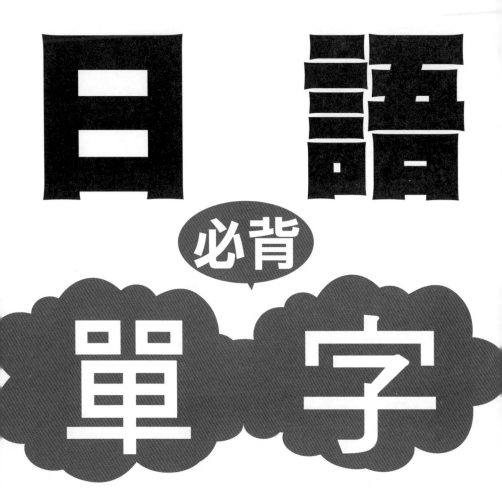

日語

必背

語

單字

あ			
0001 □ T1	あい【愛】	名・漢造 愛，愛情；友情，恩情；愛好，熱愛；喜愛；喜歡；愛惜 類 愛情	
0002 □	あいかわらず【相変わらず】	副 照舊，仍舊，和往常一樣 類 変わりもなく	
0003 □	あいず【合図】	名・自サ 信號，暗號 類 知らせ	
0004 □	アイスクリーム【icecream】	名 冰淇淋	
0005 □	あいて【相手】	名 夥伴，共事者；對方，敵手；對象 反 自分 類 相棒（あいぼう）	
0006 □	アイディア【idea】	名 主意，想法，構想；（哲）觀念 類 思い付き	
0007 □	アイロン【iron】	名 熨斗、烙鐵	
0008 □	あう【合う】	自五 正確，適合；一致，符合；對，準；合得來；合算 反 分かれる 類 ぴったり	
0009 □	あきる【飽きる】	自上一 夠，滿足；厭煩，煩膩 類 満足；いやになる	
0010 □	あく【空く】	自五 空閒；缺額，騰出，移開 類 空席（くうせき）	

0001
愛を注ぐ。
▶ 傾注愛情。

0002
相変わらず、ゴルフばかりしているね。
▶ 你還是老樣子，常打高爾夫球！

0003
あの煙は、仲間からの合図に違いない。
▶ 那道煙霧，一定是同伴給我們的暗號。

0004
アイスクリームを食べる。
▶ 吃冰淇淋。

0005
商売は、相手があればこそ成り立つものです。
▶ 所謂的生意，就是要有交易對象才得以成立。

あ

0006
彼のアイディアは、尽きることなく出てくる。
▶ 他的構想源源不絕地湧出。

0007
妻がズボンにアイロンをかけてくれます。
▶ 妻子為我熨燙長褲。

0008
ワインは、洋食和食を問わず、よく合う。
▶ 不論是西餐或是和食，葡萄酒都很搭。

0009
この映画を3回見て、飽きるどころかもっと見たくなった。
▶ 我這部電影看了三次，不僅不會看膩，反而更想看了。

0010
人気のない映画だから、席がいっぱい空いているわけだ。
▶ 就是因為電影沒有名氣，所以座位才那麼空。

0011	あくしゅ 【握手】	名・自サ 握手；和解，言和；合作，妥協；會師，會合
0012	アクション 【action】	名 行動，動作；（劇）格鬥等演技 類 身振り
0013	あける 【空ける】	他下一 倒出，空出；騰出（時間） 類 空かす（すかす）
0014	あける 【明ける】	自下一 （天）明，亮；過年；（期間）結束，期滿 類 白む（しらむ）
0015	あげる 【揚げる】	他下一 炸，油炸；舉，抬；提高；進步 反 乗り込む 類 引き揚げる
0016	あご 【顎】	名 （上、下）顎；下巴
0017	あさ 【麻】	名 （植物）麻，大麻；麻紗，麻布，麻纖維
0018	あさい 【浅い】	形 （水等）淺的；（顏色）淡的；（程度）膚淺的，少的，輕的；（時間）短的 反 深い
0019	あしくび 【足首】	名 腳踝
0020	あす 【明日】	名 明天；（最近的）將來 反 昨日 類 あした、翌日（よくじつ）
0021	あずかる 【預かる】	他五 收存，（代人）保管；擔任，管理，負責處理；保留，暫不公開 類 引き受ける

0011
会談の始まりに際して、両国の首相が握手した。
▶ 會談開始的時候，兩國首相握了手。

0012
いまアクションドラマが人気を集めている。
▶ 現在動作連續劇很有人氣。

0013
10時までに会議室を空けてください。
▶ 請十點以後把會議室空出來。

0014
あけましておめでとうございます。
▶ 元旦開春，恭賀新禧。

0015
これは天ぷらを上手に揚げるコツです。
▶ 這是炸天婦羅的技巧。

あ

0016
太りすぎて、二重あごになってしまった。
▶ 太胖了，結果長出雙下巴。

0017
このドレスは麻でできている。
▶ 這件洋裝是麻紗材質。

0018
子ども用のプールは浅いです。
▶ 孩童用的游泳池很淺。

0019
不注意から足首を捻挫した。
▶ 不小心扭到了腳踝。

0020
明日からは始業時刻までに十分な余裕を見て出勤いたします。
▶ 從明天開始，我必定會提早出門上班，趕在營業時間開始前到達。

0021
金を預かる。
▶ 保管錢。

0022 ☐	あずける 【預ける】	他下一 寄放，存放；委託，託付 類 託する
0023 ☐ T2	あたえる 【与える】	他下一 給與，供給；授與；使蒙受；分配 反 奪う（うばう） 類 授ける（さずける）
0024 ☐	あたたまる 【暖まる】	自五 暖，暖和；感到溫暖；手頭寬裕 類 暖かくなる
0025 ☐	あたたまる 【温まる】	自五 暖，暖和；感到心情溫暖 類 温かくなる
0026 ☐	あたためる 【暖める】	他下一 使溫暖；重溫，恢復 類 暖かくする
0027 ☐	あたためる 【温める】	他下一 溫，熱；擱置不發表 類 熱する
0028 ☐	あたり 【辺り】	名・造語 附近，一帶；之類，左右 類 近く
0029 ☐	あたりまえ 【当たり前】	名 當然，應然；平常，普通 類 もっとも
0030 ☐	あたる 【当たる】	自五・他五 碰撞；撃中；合適；太陽照射；取暖，吹 （風）；接觸；（大致）位於；當…時候；（粗暴）對待 類 ぶつかる
0031 ☐	あっというま（に） 【あっという間（に）】	感 一眨眼的功夫
0032 ☐	アップ 【up】	名・他サ 增高，提高；上傳（檔案至網路）

0022
あんな銀行に、お金を預けるものか。
▶ 我絕不把錢存到那種銀行！

0023
子どもにたくさんお金を与えるものではない。
▶ 不該給小孩太多錢。

0024
部屋がだんだん暖まってきた。
▶ 房間逐漸暖和起來了。

0025
外は寒かったでしょう。早くお風呂に入って温まりなさい。
▶ 想必外頭很冷吧。請快點洗個熱水澡暖暖身子。

0026
ストーブで部屋を暖めよう。
▶ 開暖爐暖暖房間吧！

あ

0027
冷めた料理を温めて食べました。
▶ 我把已經變涼了的菜餚加熱後吃了。

0028
この辺りからあの辺りにかけて、畑が多いです。
▶ 從這邊到那邊，有許多田地。

0029
新しい商品を販売する上は、商品知識を勉強するのは当たり前です。
▶ 既然要販售新產品，那麼當然就要好好學習產品相關知識。

0030
この花は、屋内屋外を問わず、日の当たるところに置いてください。
▶ 不論是屋內或屋外都可以，請把這花放在太陽照得到的地方。

0031
あっという間の7週間、本当にありがとうございました。
▶ 七個星期一眨眼就結束了，真的萬分感激。

0032
姉はいつも年収アップのことを考えていた。
▶ 姊姊老想著提高年收。

0033 □	あつまり 【集まり】	㊂ 集會，會合；收集（的情況） ㊐ 集い（つどい）
0034 □	あてな 【宛名】	㊂ 收信（件）人的姓名住址 ㊐ 宛所
0035 □	あてる 【当てる】	㊦一 碰撞，接觸；命中；猜，預測；貼上，放上；測量；對著，朝向
0036 □	アドバイス 【advice】	㊂·他サ 勸告，提意見；建議 ㊐ 諫める（いさめる）、注意
0037 □	あな 【穴】	㊂ 孔，洞，窟窿；坑；穴，窩；礦井；藏匿處；缺點；虧空 ㊐ 洞窟（どうくつ）
0038 □	アナウンサー 【announcer】	㊂ 廣播員，播報員 ㊐ アナ
0039 □	アナウンス 【announce】	㊂·他サ 廣播；報告；通知
0040 □	アニメ 【animation】	㊂ 卡通，動畫片 ㊐ 動画、アニメーション
0041 □	あぶら 【油】	㊂ 脂肪，油脂
0042 □	あぶら 【脂】	㊂ 脂肪，油脂；（喻）活動力，幹勁 ㊐ 脂肪（しぼう）
0043 □	アマチュア 【amateur】	㊂ 業餘愛好者；外行 ㊐ 玄人（くろうと） ㊐ 素人（しろうと）

0033
☐
これは、老人向けの集まりです。
▶ 這是針對老年人所舉辦的聚會。

0034
☐
宛名を書きかけて、間違いに気がついた。
▶ 正在寫收件人姓名的時候，發現自己寫錯了。

0035
☐
僕の年が当てられるものなら、当ててみろよ。
▶ 你要能猜中我的年齡，你就猜看看啊！

0036
☐
彼はいつも的確なアドバイスをしてくれます。
▶ 他總是給予切實的建議。

0037
☐
穴があったら入りたい。
▶ 地下如有洞，真想鑽進去（無地自容）。

あ

0038
☐
彼は、アナウンサーにしては声が悪い。
▶ 就一個播音員來說，他的聲音並不好。

0039
☐
機長が予定到着時刻をアナウンスします。
▶ 機長播放預定到達時間。

0040
☐
私の国でも日本のアニメがよく放送されています。
▶ 在我的國家也經常播映日本的卡通。

0041
☐
油で揚げる。
▶ 油炸。

0042
☐
こんな目に遭っては、恐ろしくて脂汗が出るというものだ。
▶ 遇到這麼慘的事，我大概會嚇得直流汗吧！

0043
☐
最近は空手のアマチュア選手も結果を残していて、若干プレッシャーになっています。
▶ 最近就連業餘空手道選手的成績也令人刮目相看，多少帶來了壓力。

0044 ⬜ T3	あら 【粗】	名 缺點，毛病
0045 ⬜	あらそう 【争う】	他五 爭奪；爭辯；奮鬥，對抗，競爭 類 競う（きそう）
0046 ⬜	あらわす 【表す】	他五 表現出，表達；象徵，代表 類 示す
0047 ⬜	あらわす 【現す】	他五 現，顯現，顯露 類 示す
0048 ⬜	あらわれる 【表れる】	自下一 出現，出來；表現，顯出 類 明らかになる
0049 ⬜	あらわれる 【現れる】	自下一 出現，呈現，顯露 類 出現
0050 ⬜	アルバム 【album】	名 相簿，記念冊
0051 ⬜	あれ	感 哎呀
0052 ⬜	あわせる 【合わせる】	他下一 合併；核對，對照；加在一起，混合； 配合，調合 類 一致させる（いっちさせる）
0053 ⬜	あわてる 【慌てる】	自下一 驚慌，急急忙忙，匆忙，不穩定 反 落ち着く 類 まごつく
0054 ⬜	あんがい 【案外】	副・形動 意想不到，出乎意外 類 意外

0044
粗を探す。
▶ 雞蛋裡挑骨頭。

0045
裁判で争う際には、法律をしっかり勉強しなければならない。
▶ 遇到訴訟糾紛時，得徹底把法律學好才行。

0046
この複雑な気持ちは、表しようがない。
▶ 我這複雜的心情，實在無法表現出來。

0047
51歳になってからようやく頭角を現しました。
▶ 他一直到51歲才開始嶄露頭角。

0048
うれしい成果があらわれてきた。
▶ 展現了令人喜悅的成果。

0049
意外な人が突然現れた。
▶ 突然出現了一位意想不到的人。

0050
娘の七五三の記念アルバムを作ることにしました。
▶ 為了記念女兒七五三節，決定做本記念冊。

0051
あれ、どうしたの。
▶ 哎呀，怎麼了呢？

0052
みんなで力を合わせたとしても、彼に勝つことはできない。
▶ 就算大家聯手，也是沒辦法贏過他。

0053
突然質問されて、さすがに慌てた。
▶ 突然被這麼一問，到底還是慌了一下。

0054
難しいと思ったら、案外易しかった。
▶ 原以為很難，結果卻簡單得叫人意外。

い	0055 ☐	い 【位】	接尾 位;身分,地位
	0056 ☐	いえ	感 不,不是
	0057 ☐	アンケート 【(法)enquête】	名 (以同樣內容對多數人的)問卷調查,民意測驗
	0058 ☐	いがい 【意外】	名・形動 意外,想不到,出乎意料 類 案外
	0059 ☐	いかり 【怒り】	名 憤怒,生氣 類 いきどおり
	0060 ☐	いき・ゆき 【行き】	名 去,往
	0061 ☐	いご 【以後】	名 今後,以後,將來;(接尾語用法)(在某時期)以後 反 以前 類 以来
	0062 ☐	イコール 【equal】	名 相等;(數學)等號 類 等しい(ひとしい)
	0063 ☐	いし 【医師】	名 醫師,大夫 類 医者
	0064 ☐	いじょうきしょう 【異常気象】	名 氣候異常
	0065 ☐	いじわる 【意地悪】	名・形動 使壞,刁難,作弄 類 虐待(ぎゃくたい)

0055
一位になる。
▶ 成為第一。

0056
いえ、違います。
▶ 不，不是那樣。

0057
皆様にご協力いただいたアンケートの結果をご紹介します。
▶ 現在容我報告承蒙各位協助所完成的問卷調查結果。

0058
雨による被害は、意外に大きかった。
▶ 大雨意外地造成嚴重的災情。

0059
子どもの怒りの表現は親の怒りの表現のコピーです。
▶ 小孩子生氣的模樣正是父母生氣時的翻版。

0060
東京行きの列車。
▶ 開往東京的列車。

0061
交通事故に遭ったのをきっかけにして、以後は車に気をつけるようになりました。
▶ 出車禍以後，對車子就變得很小心了。

0062
失敗イコール負けというわけではない。
▶ 失敗並不等於輸了。

0063
医師の言うとおりに、薬を飲んでください。
▶ 請依照醫生的指示服藥。

0064
異常気象が続いている。
▶ 氣候異常正持續著。

0065
意地悪な人といえば、高校の数学の先生を思い出す。
▶ 說到壞心眼的人，就讓我想到高中的數學老師。

い

0066 □ T4	いぜん 【以前】	名 以前；更低階段（程度）的；（某時期）以前 反 以降 類 以往
0067 □	いそぎ 【急ぎ】	名·副 急忙，匆忙，緊急 類 至急
0068 □	いたずら 【悪戯】	名·形動 淘氣，惡作劇；玩笑，消遣 類 戯れ（たわむれ）、ふざける
0069 □	いためる 【傷める・痛める】	他下一 使（身體）疼痛，損傷；使（心裡）痛苦
0070 □	いちどに 【一度に】	副 同時地，一塊地，一下子 類 同時に
0071 □	いちれつ 【一列】	名 一列，一排
0072 □	いっさくじつ 【一昨日】	名 前一天，前天 類 一昨日（おととい）
0073 □	いっさくねん 【一昨年】	造語 前年 類 一昨年（おととし）
0074 □	いっしょう 【一生】	名 一生，終生，一輩子 類 生涯（しょうがい）
0075 □	いったい 【一体】	名·副 一體，同心合力；一種體裁；根本，本來；大致上；到底，究竟 類 そもそも
0076 □	いってきます 【行ってきます】	寒暄 我出門了

0066

以前、東京でお会いした際に、名刺をお渡ししたと思います。
▶ 我記得之前在東京跟您會面時，有遞過名片給您。

0067

部長は大変お急ぎのご様子でした。
▶ 經理似乎非常急的模樣。

0068

彼女は、いたずらっぽい目で笑った。
▶ 她眼神淘氣地笑了。

0069

もぎたての桃を傷めてしまった。
▶ 不小心將剛採下的桃子碰傷了。

0070

そんなに一度に食べられません。
▶ 我沒辦法一次吃那麼多。

0071

一列に並ぶ。
▶ 排成一列。

0072

一昨日アメリカから帰ってきたかと思ったら、もう中国に出張に行った。
▶ 他前天才剛從美國回來，現在又到中國出差去了。

0073

一昨年、会社をやめたのを契機に、北海道に引っ越しました。
▶ 前年，趁著辭掉工作，搬去了北海道。

0074

あいつとは、一生口をきくものか。
▶ 我這輩子，絕不跟他講話。

0075

一体何が起こったのですか。
▶ 到底發生了什麼事？

0076

先日のお詫びかたがた、挨拶に行ってきます。
▶ 去跟對方致歉之前的事，同時也去打聲招呼。

0077 □	いつのまにか 【何時の間にか】	副 不知不覺地，不知什麼時候
0078 □	いとこ 【従兄弟・従姉妹】	名 堂表兄弟姊妹
0079 □	いのち 【命】	名 生命，命；壽命 類 生命
0080 □	いま 【居間】	名 起居室 類 茶の間
0081 □	イメージ 【image】	名 影像，形象，印象
0082 □	いもうとさん 【妹さん】	名 妹妹，令妹（「妹」的鄭重說法）
0083 □	いや	感 不；沒什麼
0084 □	いらいら 【苛々】	名・副・他サ 情緒急躁、不安；焦急，急躁 類 苛立つ（いらだつ）
0085 □	いりょうひ 【衣料費】	名 服裝費 類 洋服代
0086 □	いりょうひ 【医療費】	名 治療費，醫療費 類 治療費
0087 □	いわう 【祝う】	他五 祝賀，慶祝；祝福；送賀禮；致賀詞 類 祝する（しゅくする）

0077
何時の間にか、お茶の葉を使い切りました。
▶ 茶葉不知道什麼時候就用光了。

0078
従兄弟同士。
▶ 堂表兄弟姊妹關係。

0079
命が危ないところを、助けていただきました。
▶ 在我性命危急時，他救了我。

0080
居間はもとより、トイレも台所も全部掃除しました。
▶ 別說是客廳，就連廁所和廚房也都清掃過了。

0081
企業イメージが悪化して以来、わが社の売り上げはさんざんだ。
▶ 自從企業形象惡化之後，我們公司的營業額真是悽慘至極。

い

0082
お姉さんにひきかえ、妹さんは無口で恥ずかしがり屋です。
▶ 跟姊姊不同，妹妹文靜、生性害羞。

0083
いや、それは違う。
▶ 不，不是那樣的。

0084
何だか最近いらいらしてしょうがない。
▶ 不知道是怎麼搞的，最近老是焦躁不安的。

0085
子どもの衣料費に一人月どれくらいかけていますか。
▶ 小孩的治裝費一個月要花多少錢？

0086
医療費には、様々な制度があります。
▶ 醫療費中，有各種的制度。

0087
みんなで彼の合格を祝おう。
▶ 大家一起來慶祝他上榜吧！

0088 □	インキ 【ink】	名 墨水 類 インク
0089 □	インク 【ink】	名 墨水，油墨（也寫作「インキ」） 類 インキ
0090 □	いんしょう 【印象】	名 印象 類 イメージ
0091 □	インスタント 【instant】	名・形動 即席，稍加工即可的，速成
0092 □	インターネット 【internet】	名 網路
0093 □	インタビュー 【interview】	名・自サ 會面，接見；訪問，採訪 類 面会
0094 □	いんりょく 【引力】	名 物體互相吸引的力量
0095 □	ウイルス 【virus】	名 病毒，濾過性病毒 類 菌
0096 □	ウール 【wool】	名 羊毛，毛線，毛織品
0097 □	ウェーター・ウェイター 【waiter】	名 （餐廳等的）侍者，男服務員
0098 □	ウェートレス・ウェイトレス 【waitress】	名 （餐廳等的）女侍者，女服務生 類 メード

う

0088
☐ 万年筆（まんねんひつ）のインキがなくなったので、サインのしようがない。
▶ 因為鋼筆的墨水用完了，所以沒辦法簽名。

0089
☐ ペンでインクをつけて書（か）きました。
▶ 用鋼筆醮墨水寫。

0090
☐ 旅行（りょこう）の印象（いんしょう）に加（くわ）えて、旅行中（りょこうちゅう）のトラブルについても聞（き）かれました。
▶ 除了對旅行的印象之外，也被問到了有關旅行時所發生的糾紛。

0091
☐ 一日（いちにち）部屋（へや）でこもっていたから、夕飯（ゆうはん）もインスタントラーメンですませた。
▶ 整天都待在家，晚餐也吃拉麵打發。

0092
☐ 説明書（せつめいしょ）の内容（ないよう）にそって、インターネットに接続（せつぞく）しました。
▶ 照著說明書，連接網路。

い

0093
☐ インタビューを始（はじ）めるか始（はじ）めないかのうちに、首相（しゅしょう）は怒（おこ）り始（はじ）めた。
▶ 採訪才剛開始，首相就生起了氣來。

0094
☐ 万有引力（ばんゆういんりょく）の法則（ほうそく）。
▶ 引力定律。

0095
☐ メールでウイルスに感染（かんせん）しました。
▶ 郵件被病毒感染了。

0096
☐ ウールのセーター。
▶ 毛料的毛衣。

0097
☐ 若（わか）いウエーターが親切（しんせつ）に対応（たいおう）してくれた。
▶ 年輕的服務生親切地招呼我。

0098
☐ あの店（みせ）のウェートレスは態度（たいど）が悪（わる）くて、腹（はら）が立（た）つほどだ。
▶ 那家店的女服務生態度之差，可說是令人火冒三丈。

0099 □	うごかす 【動かす】	⑩五 移動，挪動，活動；搖動，搖撼；給予影響，使其變化，感動 ⑰ 止める ⑲ るう
0100 □	うし 【牛】	⑧ 牛
0101 □	うっかり	⑪・⑪サ 不注意，不留神；發呆，茫然 ⑲ うかうか
0102 □	うつす 【写す】	⑩五 照相；摹寫
0103 □	うつす 【移す】	⑩五 移，搬；使傳染；度過時間 ⑲ 引っ越す
0104 □	うつる 【写る】	⑪五 照相，映顯；顯像；（穿透某物）看到 ⑲ 転写する（てんしゃする）
0105 □	うつる 【映る】	⑪五 映，照；顯得，映入；相配，相稱；照相，映現 ⑲ 映ずる（えいずる）
0106 □	うつる 【移る】	⑪五 移動；推移；沾到 ⑲ 移動する（いどうする）
0107 □	うどん 【饂飩】	⑧ 烏龍麵條，烏龍麵
0108 □	うま 【馬】	⑧ 馬
0109 □	うまい	⑱ 味道好，好吃；想法或做法巧妙，擅於；非常適宜，順利 ⑰ まずい ⑲ おいしい

0099
体を動かす。
▶ 活動身體。

0100
牛を飼う。
▶ 養牛。

0101
うっかりしたものだから、約束を忘れてしまった。
▶ 因為一時不留意，而忘了約會。

0102
写真を写してあげましょうか。
▶ 我幫你照相吧！

0103
住まいを移す。
▶ 遷移住所。

う

0104
昨日の授業を休んだので友達のノートを写させてもらった。
▶ 我昨天請了假沒上課，所以向朋友借了筆記來抄寫。

0105
山が湖の水に映っています。
▶ 山影倒映在湖面上。

0106
あちらの席にお移りください。
▶ 請移到那邊的座位。

0107
鍋焼きうどん。
▶ 鍋燒烏龍麵。

0108
馬に乗る。
▶ 騎馬。

0109
山の空気がうまい。
▶ 山上的空氣新鮮。

0110 ☐	うまる 【埋まる】	自五 被埋上；填滿，堵住；彌補，補齊
0111 ☐ T6	うむ 【生む】	他五 產生，產出
0112 ☐	うむ 【産む】	他五 生，產
0113 ☐	うめる 【埋める】	他下一 埋，掩埋；填補，彌補；佔滿 類 埋める（うずめる）
0114 ☐	うらやましい 【羨ましい】	形 羨慕，令人嫉妒，眼紅 類 羨む（うらやむ）
0115 ☐	うる 【得る】	他下二 得到；領悟
0116 ☐	うわさ 【噂】	名・自サ 議論，閒談；傳說，風聲 類 流言（りゅうげん）
0117 ☐	うんちん 【運賃】	名 票價；運費 類 切符代
0118 ☐	うんてんし 【運転士】	名 司機；駕駛員，船員
0119 ☐	うんてんしゅ 【運転手】	名 司機 類 運転士
え 0120 ☐	エアコン 【air conditioning】	名 空調；溫度調節器 類 冷房（れいぼう）

0110
小屋は雪にうまっていた。
▶ 小屋被雪覆蓋住。

0111
その発言は誤解を生む可能性がありますよ。
▶ 你那發言可能會產生誤解喔！

0112
彼女は女の子を産んだ
▶ 她生了女娃兒。

0113
犯人は、木の下にお金を埋めたと言っている。
▶ 犯人自白說他將錢埋在樹下。

0114
庶民からすれば、お金のある人はとても羨ましいのです。
▶ 就平民的角度來看，有錢人實在太令人羨慕。

う

0115
得るところが多い。
▶ 獲益良多。

0116
本人に聞かないことには、噂が本当かどうかわからない。
▶ 傳聞是真是假，不問當事人是不知道的。

0117
運賃は当方で負担いたします。
▶ 運費由我方負責。

0118
私はJRで運転士をしています。
▶ 我在JR當司機。

0119
タクシーの運転手に、チップをあげた。
▶ 給了計程車司機小費。

0120
家具とエアコンつきの部屋を探しています。
▶ 我在找附有家具跟冷氣的房子。

0121	えいきょう【影響】	(名・自サ) 影響 (類) 反響（はんきょう）
0122	えいよう【栄養】	(名) 營養 (類) 養分（ようぶん）
0123	えがく【描く】	(他五) 畫，描繪；以…為形式，描寫；想像 (類) 写す（うつす）
0124	えきいん【駅員】	(名) 車站工作人員，站務員
0125	SF【science fiction】	(名) 科學幻想小說
0126	エッセー・エッセイ【essay】	(名) 小品文，隨筆；（隨筆式的）短論文 (類) 随筆（ずいひつ）
0127	エネルギー【(德)energie】	(名) 能量，能源，精力，氣力 (類) 活力（かつりょく）
0128	えり【襟】	(名) （衣服的）領子；脖頸，後頸；（西裝的）硬領
0129	える【得る】	(他下一) 得，得到；領悟，理解；能夠 (類) 手に入れる
0130	えん【園】	(接尾) 園
0131	えんか【演歌】	(名) 演歌（現多指日本民間特有曲調哀愁的民謠）

0121
毎日テレビを見ていたら、影響を受けざるをえない。
▶ 每天都在看電視，難免不受其影響。

0122
子どもに勉強させる一方、栄養にも気をつけています。
▶ 我督促小孩讀書的同時，也注意營養是否均衡。

0123
この絵は、心に浮かんだものを描いたにすぎません。
▶ 這幅畫只是將內心所想像的東西，畫出來的而已。

0124
駅のホームに立って、列車を見送る駅員さんが好きだ。
▶ 我喜歡站在車站目送列車的站員。

0125
SF映画「猿の惑星」はすごいインパクトのある映画でした。
▶ SF電影「外星之猿」是一齣叫人印象深刻的電影。

え

0126
彼女はCDを発売するとともに、エッセーも出版しました。
▶ 她發行CD的同時，也出版了小品文。

0127
国内全体にわたって、エネルギーが不足しています。
▶ 就全國整體來看，能源是不足的。

0128
コートの襟を立てている人は、山田さんです。
▶ 那位豎起外套領子的人就是山田小姐。

0129
仕事をしてお金を得るとともに、沢山のことを学ぶことができる。
▶ 工作可以得到報酬的同時，也可以學到很多事情。

0130
弟は幼稚園に通っている。
▶ 弟弟上幼稚園。

0131
大好きな祖母を喜ばせるために、演歌を歌い始めた。
▶ 為了討我最愛的祖母歡心，開始學演歌。

0132 □ T7	えんげき 【演劇】	名 演劇，戲劇 類 芝居（しばい）
0133 □	エンジニア 【engineer】	名 工程師，技師 類 技師（ぎし）
0134 □	えんそう 【演奏】	名・他サ 演奏 類 奏楽（そうがく）
0135 □	おい	感 （主要是男性對同輩或晚輩使用）打招呼的喂，唉；（表示輕微的驚訝），呀！啊！
0136 □	おい 【老い】	名 老；老人
0137 □	おいこす 【追い越す】	他五 超過，趕過去 類 抜く（ぬく）
0138 □	おうえん 【応援】	名・他サ 援助，支援；聲援，助威 類 声援
0139 □	おおく 【多く】	名・副 多數，許多；多半，大多 類 沢山
0140 □	オーバー（コート） 【overcoat】	名 大衣，外套，外衣
0141 □	オープン 【open】	名・自他サ・形動 開放，公開；無蓋，敞篷；露天，野外
0142 □	おかえり 【お帰り】	寒暄 （你）回來了

お

0132
先生の指導のもとに、演劇の練習をしている。
▶ 在老師的指導之下排演戲劇。

0133
あの子はエンジニアを目指している。
▶ 那個孩子立志成為工程師。

0134
私から見ると、彼の演奏はまだまだだね。
▶ 就我來看，他演奏還有待加強。

0135
おい、大丈夫か。
▶ 喂！你還好吧。

0136
体の老いを感じる。
▶ 感到身體衰老。

え

0137
トラックなんか、追い越してしまいましょう。
▶ 我們快追過那卡車吧！

0138
私が応援しているチームに限って、いつも負けるからいやになる。
▶ 獨獨我所支持的球隊總是吃敗仗，叫人真嘔。

0139
ピアスをつけた男の人が多くなりました。
▶ 近來戴耳環的男人變多了。

0140
オーバーを着る。
▶ 穿大衣。

0141
そのレストランは3月にオープンする。
▶ 那家餐廳將於三月開幕。

0142
「ただいま。」「お帰り。」
▶ 「我回來了。」「回來啦！」

0143 ☐	おかえりなさい 【お帰りなさい】	寒暄 回來了
0144 ☐	おかけください	敬 請坐
0145 ☐	おかしい 【可笑しい】	形 奇怪，可笑；不正常 類 滑稽（こっけい）
0146 ☐	おかまいなく 【お構いなく】	敬 不管，不在乎，不介意
0147 ☐	おきる 【起きる】	自上一 （倒著的東西）起來，立起來；起床； 不睡；發生 類 立ち上がる（たちあがる）
0148 ☐	おく 【奥】	名 裡頭，深處；裡院；盡頭
0149 ☐	おくれ 【遅れ】	名 落後，晚；畏縮，怯懦
0150 ☐	おげんきですか 【お元気ですか】	寒暄 你好嗎？
0151 ☐	おこす 【起こす】	他五 扶起；叫醒；引起 類 目を覚まさせる（めをさまさせる）
0152 ☐	おこる 【起こる】	自五 發生，鬧；興起，興盛；（火）著旺 反 終わる 類 始まる
0153 ☐	おごる 【奢る】	自五・他五 奢侈，過於講究；請客，作東

0143
お帰りなさい。お茶でも飲みますか。
▶ 你回來啦。要不要喝杯茶？

0144
どうぞ、おかけください。
▶ 請坐下。

0145
おかしければ、笑いなさい。
▶ 如果覺得可笑，就笑呀！

0146
どうぞ、お構いなく。
▶ 請不必客氣。

0147
昨夜はずっと起きていた。
▶ 昨天晚上一直都醒著。

お

0148
洞窟の奥。
▶ 洞窟深處。

0149
台風のため、郵便の配達に二日の遅れが出ている。
▶ 由於颱風，郵件延遲兩天送達。

0150
ご両親はお元気ですか。
▶ 請問令尊與令堂安好嗎？

0151
父は、「明日の朝、6時に起こしてくれ。」と言った。
▶ 父親說：「明天早上六點叫我起床」。

0152
大変、大変。山下さんが交通事故を起こして、捕まっちゃったんですって。
▶ 糟了，糟了！聽說山下先生車禍肇事，被警察抓走了！

0153
ここは私が奢ります。
▶ 這回就讓我作東了。

0154	おさえる 【押さえる】	他下一 按，壓；扣住，勒住；控制，阻止；捉住；扣留；超群出眾 類 押す
0155 T8	おさきに 【お先に】	敬 先離開了，先告辭了
0156	おしえ 【教え】	名 教導，指教，教誨；教義
0157	おじぎ 【お辞儀】	名・自サ 行禮，鞠躬，敬禮；客氣 類 挨拶
0158	おしゃべり 【お喋り】	名・自サ・形動 閒談，聊天；愛說話的人，健談的人 反 無口 類 無駄口（むだぐち）
0159	おじゃまします 【お邪魔します】	敬 打擾了
0160	おしゃれ 【お洒落】	名・形動 打扮漂亮，愛漂亮的人
0161	おせわになりました 【お世話になりました】	敬 受您照顧了
0162	おそわる 【教わる】	他五 受教，跟…學習
0163	おたがい 【お互い】	名 彼此，互相
0164	おたまじゃくし 【お玉じゃくし】	名 圓杓，湯杓；蝌蚪

0154
この釘を押さえていてください。
▶ 請按住這個釘子。

0155
お先に、失礼します。
▶ 我先告辭了。

0156
彼は神の教えを敬虔に守って生活している。
▶ 他虔誠地謹守神的教誨生活著。

0157
目上の人にお辞儀をしなかったばかりに、母にしかられた。
▶ 因為我沒跟長輩行禮，被媽媽罵了一頓。

0158
友だちとおしゃべりをしているところへ、先生が来た。
▶ 當我正在和朋友閒談時，老師走了過來。

お

0159
「いらっしゃいませ。」「お邪魔します。」
▶ 「歡迎光臨。」「打擾了。」

0160
お洒落をする。
▶ 打扮。

0161
いろいろと、お世話になりました。
▶ 感謝您多方的關照。

0162
パソコンの使い方を教わったとたんに、もう忘れてしまった。
▶ 才剛請別人教我電腦的操作方式，現在就已經忘了。

0163
お互いに愛し合う。
▶ 彼此相愛。

0164
お玉じゃくしでスープをすくう。
▶ 用湯杓舀湯。

0165 ☐	おでこ	㊂ 凸額，額頭突出（的人）；額頭，額骨 ㊟ 額（ひたい）
0166 ☐	おとなしい 【大人しい】	㊫ 老實，溫順；（顏色等）樸素，雅致 ㊟ 穏やか（おだやか）
0167 ☐	オフィス 【office】	㊂ 辦公室，辦事處；公司；政府機關 ㊟ 事務所（じむしょ）
0168 ☐	オペラ 【opera】	㊂ 歌劇 ㊟ 芝居
0169 ☐	おまごさん 【お孫さん】	㊂ 孫子，孫女，令孫（「孫」的鄭重說法）
0170 ☐	おまちください 【お待ちください】	㊎ 請等一下
0171 ☐	おまちどおさま 【お待ちどおさま】	㊎ 久等了
0172 ☐	おめでとう	㊭ 恭喜
0173 ☐	おめにかかる 【お目に掛かる】	㊒（謙讓語）見面，拜會
0174 ☐	おもい 【思い】	㊂（文）思想，思考；感覺，情感；想念，思念；願望，心願 ㊟ 考え
0175 ☐	おもいえがく 【思い描く】	㊣ 在心裡描繪，想像

0165
息子が転んで机の角におでこをぶつけた。
▶ 兒子跌倒額頭撞到桌角。

0166
彼女は大人しい反面、内面はとてもしっかりしています。
▶ 她個性溫順的另一面，其實內心非常有自己的想法。

0167
彼のオフィスは3階だと思ったら、4階でした。
▶ 原以為他的辦公室是在三樓，誰知原來是在四樓。

0168
オペラを観て、主人公の悲しい運命に涙が出ました。
▶ 觀看歌劇中主角的悲慘命運，而熱淚盈眶。

0169
自分に似ているお孫さんは、それはそれはかわいいことでしょう。
▶ 孫子像自己，那一定是疼愛有加的。

お

0170
少々、お待ちください。
▶ 請等一下。

0171
お待ちどおさま、こちらへどうぞ。
▶ 久等了，這邊請。

0172
大学合格、おめでとう。
▶ 恭喜你考上大學。

0173
社長にお目に掛かりたい。
▶ 想拜會社長。

0174
思いにふける。
▶ 沈浸在思考中。

0175
将来の生活を思い描く。
▶ 在心裡描繪未來的生活。

0176 □ T9	おもいきり 【思い切り】	名・副 斷念，死心；果斷，下決心；狠狠地， 盡情地，徹底的
0177 □	おもいつく 【思い付く】	自他五 （忽然）想起，想起來 類 考え付く（かんがえつく）
0178 □	おもいで 【思い出】	名 回憶，追憶，追懷；紀念
0179 □	おもいやる 【思いやる】	他五 體諒，表同情；想像，推測
0180 □	おもわず 【思わず】	副 禁不住，不由得，意想不到地，下意識地 類 うっかり
0181 □	おやすみ 【お休み】	寒暄 休息；晚安
0182 □	おやすみなさい 【お休みなさい】	寒暄 晚安
0183 □	おやゆび 【親指】	名 （手腳的）拇指 類 拇指（ぼし）
0184 □	オリンピック 【Olympics】	名 奧林匹克
0185 □	オレンジ 【orange】	名 柳橙，柳丁；橙色
0186 □	おろす 【下ろす・降ろす】	他五 （從高處）取下，拿下，降下，弄下；開始使用（新東西）；砍下 反 上げる 類 下げる

0176
☐
思い切り遊びたい。
▶ 想盡情地玩。

0177
☐
いいアイディアを思い付くたびに、会社に提案しています。
▶ 每當我想到好點子，就提案給公司。

0178
☐
旅の思い出に写真を撮る。
▶ 旅行拍照留念。

0179
☐
思いやることがいかに人生を豊かにするか。
▶ 多體諒他人，將會讓人生更豐富。

0180
☐
頭にきて、思わず殴ってしまった。
▶ 怒氣一上來，就不自覺地揍了下去。

0181
☐
「お休み。」「お休みなさい。」
▶ 「晚安！」「晚安！」

0182
☐
さて、そろそろ寝るわ。お休みなさい。
▶ 好啦！該睡了。晚安！

0183
☐
親指に怪我をしてしまった。
▶ 大拇指不小心受傷了。

0184
☐
オリンピックに出る。
▶ 參加奧運。

0185
☐
オレンジ色。
▶ 橘黃色。

0186
☐
車から荷を降ろす。
▶ 從車上卸下行李。

0187 ☐	おん 【御】	接頭 表示敬意
0188 ☐	おんがくか 【音楽家】	名 音樂家 類 ミュージシャン
0189 ☐	おんど 【温度】	名 （空氣等）溫度，熱度
0190 ☐	か 【課】	名・漢造 （教材的）課；課業；（公司等）課，科
0191 ☐	か 【日】	漢造 表示日期或天數
0192 ☐	か 【下】	漢造 下面；屬下；低下；下，降
0193 ☐	か 【化】	漢造 化學的簡稱；變化
0194 ☐	か 【科】	名・漢造 （大專院校）科系；（區分種類）科
0195 ☐	か 【家】	漢造 家庭；家族；專家
0196 ☐	か 【歌】	漢造 唱歌；歌詞
0197 ☐	カード 【card】	名 卡片；撲克牌；圖表

か

0187
御礼申し上げます。
▶ 致以深深的謝意。

0188
あなたが、歴代の音楽家になれるとしたら誰がいいですか。
▶ 如果你可以成為歷史上的名音樂家，你想成為誰。

0189
温度が下がる。
▶ 溫度下降。

0190
会計課で納付する。
▶ 到會計課繳納。

0191
四月二十日。
▶ 四月二十日。

お

0192
支配下。
▶ 在支配之下。

0193
小説を映画化する。
▶ 把小說改成電影。

0194
英文科の学生。
▶ 英文系的學生。

0195
芸術家にあこがれる。
▶ 嚮往當藝術家。

0196
流行歌を歌う。
▶ 唱流行歌。

0197
カードを切る。
▶ 洗牌。

0198 □	カーペット 【carpet】	名 地毯
0199 □	かい 【会】	名 會，會議 類 集まり
0200 □	かい 【会】	接尾 …會
0201 □	かいけつ 【解決】	名・自他サ 解決，處理 反 決裂（けつれつ） 類 決着（けっちゃく）
0202 □	かいごし 【介護士】	名 專門照顧身心障礙者日常生活的專門技術人員
0203 □ T10	かいさつぐち 【改札口】	名 （火車站等）剪票口 類 改札
0204 □	かいしゃいん 【会社員】	名 公司職員
0205 □	かいしゃく 【解釈】	名・他サ 解釋，理解，說明 類 釈義（しゃくぎ）
0206 □	かいすうけん 【回数券】	名 （車票等的）回數票
0207 □	かいそく 【快速】	名・形動 快速，高速度 類 速い
0208 □	かいちゅうでんとう 【懐中電灯】	名 手電筒

0198
ソファーからカーペットに至るまで、部屋のデコレーションにはとことんこだわりました。
▶ 從沙發到地毯，非常講究房間裡的裝潢陳設。

0199
委員会の責任者として、がんばっています。
▶ 身為委員會的負責人，我正努力著。

0200
展覧会は、終わってしまいました。
▶ 展覽會結束了。

0201
問題が小さいうちに、解決しましょう。
▶ 趁問題還不大的時候解決掉吧！

0202
介護士の仕事内容は、患者の身の回りの世話などがあります。
▶ 看護士的工作內容是照顧病人周邊的事。

か

0203
JRの改札口で待っています。
▶ 在JR的剪票口等你。

0204
私は平日は会社員で、休日にコンビニでバイトをしているのです。
▶ 我平日是上班族，假日是在超商打工。

0205
この法律は、解釈上、二つの問題がある。
▶ 這條法律，在解釋上有兩個問題點。

0206
回数券をこんなにもらっても、使いきれません。
▶ 就算拿了這麼多的回數票，我也用不完。

0207
快速電車に乗りました。
▶ 我搭乘快速電車。

0208
夜の地震に対しては、まず懐中電灯が必須です。
▶ 對於在晚上發生的地震，首先需要的是手電筒。

0209 □	かう 【飼う】	他五 飼養（動物等）
0210 □	かえる 【代える・替える・換える・変える】	他下一 改變；變更 類 改変（かいへん）
0211 □	かえる 【返る】	自五 復原；返回；回應 類 戻る
0212 □	がか 【画家】	名 畫家
0213 □	かがく 【化学】	名 化學
0214 □	かがくはんのう 【化学反応】	名 化學反應
0215 □	かかと 【踵】	名 腳後跟
0216 □	かかる	自五 生病；遭受災難
0217 □	かきとめ 【書留】	名 掛號郵件
0218 □	かきとり 【書き取り】	名・自サ 抄寫，記錄； 聽寫，默寫
0219 □	かく 【各】	接頭 各，每人，每個，各個

0209
うちではダックスフントを飼^かっています。
▶ 我家裡有養臘腸犬。

0210
がんばれば、人生^{じんせい}を変^かえることもできるのだ。
▶ 只要努力，人生也可以改變的。

0211
友達^{ともだち}に貸^かしたお金^{かね}が、なかなか返^{かえ}ってこない。
▶ 借給朋友的錢，遲遲沒能拿回來。

0212
彼^{かれ}は小説家^{しょうせつか}であるばかりでなく、画家^{がか}でもある。
▶ 他不單是小說家，同時也是個畫家。

0213
化学^{かがく}を専攻^{せんこう}しただけのことはあって、薬品^{やくひん}には詳^{くわ}しいね。
▶ 不虧是曾主修化學的人，對藥品真是熟悉呢。

0214
化学反応^{かがくはんのう}が起^おこる。
▶ 起化學反應。

0215
踵^{かかと}がはれて、歩^{ある}くのも痛^{いた}い。
▶ 腳後跟腫起來了，連走路都會痛。

0216
病気^{びょうき}にかかる。
▶ 生病。

0217
大事^{だいじ}な書類^{しょるい}ですから書留^{かきとめ}で郵送^{ゆうそう}してください。
▶ 這是很重要的文件，請用掛號信郵寄。

0218
書^かき取^とりのテスト。
▶ 聽寫測驗。

0219
各国^{かっこく}を周遊^{しゅうゆう}する。
▶ 周遊列國。

0220 □	かく 【掻く】	他五（用手或爪）搔，撥；拔，推；攪拌，攪和 類 擦る（する）
0221 □	かぐ 【嗅ぐ】	他五（用鼻子）聞，嗅
0222 □	かぐ 【家具】	名 家具 類 ファーニチャー
0223 □	かくえきていしゃ 【各駅停車】	名 指電車各站都停車，普通車 反 急行（きゅうこう） 類 各停（かくてい）
0224 □	かくす 【隠す】	他五 藏起來，隱瞞，掩蓋 類 隠れる
0225 □	かくにん 【確認】	名・他サ 證實，確認，判明 類 確かめる（たしかめる）
0226 □	がくひ 【学費】	名 學費 類 費用
0227 □	がくれき 【学歴】	名 學歷
0228 □ T11	かくれる 【隠れる】	自下一 躲藏，隱藏；隱遁；不為人知，潛在的 類 隠す（かくす）
0229 □	かげき 【歌劇】	名 歌劇 類 芝居
0230 □	かけざん 【掛け算】	名 乘法 反 割り算（わりざん） 類 乗法（じょうほう）

0220
失敗して恥ずかしくて、頭を掻いていた。
▶ 因失敗感到不好意思，而搔起頭來。

0221
この花の香りをかいでごらんなさい。
▶ 請聞一下這花的香味。

0222
家具といえば、やはり丈夫なものが便利だと思います。
▶ 說到家具，我認為還是耐用的東西比較方便。

0223
あの駅は各駅停車の電車しか止まりません。
▶ 那個車站只有每站停靠的電車才會停。

0224
事件のあと、彼は姿を隠してしまった。
▶ 案件發生後，他就躲了起來。

0225
まだ事実を確認しきれていません。
▶ 事實還沒有被證實。

0226
子どもたちの学費を考えると不安でしょうがない。
▶ 只要一想到孩子們的學費，我就忐忑不安。

0227
ただ学歴のみ優秀でも、意味がない。
▶ 僅有優秀的學歷並不代表什麼。

0228
警察から隠れられるものなら、隠れてみろよ。
▶ 你要是能躲過警察的話，你就躲看看啊！

0229
私も母も宝塚歌劇に夢中です。男役はものすごく魅力的だったから。
▶ 我和媽媽都非常迷歌劇團。因為女伴男裝的演員很有魅力。

0230
まだ5歳ですが、足し算はもちろん、掛け算もできる。
▶ 雖只有5歲，但不用說是加法，就連乘法也會。

0231	かける 【掛ける】	他下一・接尾 坐；懸掛；蓋上，放上；放在…之上；提交；澆；開動；花費；寄託；鎖上；（數學）乘 類 ぶら下がる
0232	かこむ 【囲む】	他五 圍上，包圍；圍攻；下（圍棋） 類 取り巻く（とりまく）
0233	かさねる 【重ねる】	他下一 重疊堆放；再加上，蓋上；反覆，重複，屢次
0234	かざり 【飾り】	名 裝飾（品）
0235	かし 【貸し】	名 借出，貸款；貸方；給別人的恩惠 反 借り
0236	かしちん 【貸し賃】	名 租金，賃費
0237	かしゅ 【歌手】	名 歌手，歌唱家
0238	かしょ 【箇所】	名・接尾 （特定的）地方；（助數詞）處
0239	かず 【数】	名 數，數目；多數，種種
0240	がすりょうきん 【ガス料金】	名 瓦斯費
0241	カセット 【cassette】	名 小暗盒；（盒式）錄音磁帶，錄音帶

0231
椅子に掛けて話をしよう。
▶ 讓我們坐下來講吧！

0232
やっぱり、庭があって自然に囲まれた家がいいわ。
▶ 我還是比較想住在那種有庭院，能沐浴在大自然之中的屋子耶。

0233
本がたくさん重ねてある。
▶ 書堆了一大疊。

0234
道にそって、クリスマスの飾りが続いている。
▶ 沿街滿是聖誕節的裝飾。

0235
山田君をはじめ、たくさんの同僚に貸しがある。
▶ 我借山田以及其他同事錢。

0236
あの病院は診療代より器具の貸し賃のほうが高かったですよ。
▶ 那家醫院的器具租金比醫療費還貴。

0237
歌手になりたい。
▶ 我想當歌手。

0238
一箇所間違える。
▶ 一個地方錯了。

0239
数が多い。
▶ 數目多。

0240
一月のガス料金はおいくらですか。
▶ 一個月的瓦斯費要花多少錢？

0241
カセットに入れる。
▶ 錄進錄音帶。

か

0242 □	かぞえる 【数える】	他下一 數，計算；列舉，枚舉 類 勘定する（かんじょうする）
0243 □	かた 【肩】	名 肩，肩膀；（衣服的）肩
0244 □	かた 【型】	名 模子，形，模式；樣式 類 かっこう
0245 □	かたい 【固い・硬い・堅い】	形 硬的，堅固的；堅決的；生硬的；嚴謹的，頑固的；一定，包准；可靠的 反 柔らかい 類 強固（きょうこ）
0246 □	かだい 【課題】	名 提出的題目；課題，任務
0247 □	かたづく 【片付く】	自五 收拾，整理好；得到解決，處裡好；出嫁
0248 □	かたづけ 【片付け】	名 整理，整頓，收拾
0249 □	かたづける 【片付ける】	他下一 收拾，打掃；解決
0250 □	かたみち 【片道】	名 單程，單方面
0251 □	かち 【勝ち】	名 勝利 反 負け（まけ） 類 勝利
0252 □	かっこういい 【格好いい】	連語・形 （俗）真棒，真帥，酷（口語用「かっこいい」） 類 ハンサム

0242
10から1まで逆に数える。
▶ 從10倒數到1。

0243
肩が凝る。
▶ 肩膀痠痛。

0244
車の型としては、ちょっと古いと思います。
▶ 就車型來看，我認為有些老舊。

0245
父は、真面目というより頭が固いんです。
▶ 父親與其說是認真，還不如說是死腦筋。

0246
明日までに課題を仕上げて提出しないと落第してしまう。
▶ 如果明天之前沒有完成並提交作業，這個科目就會被當掉。

か

0247
母親によると、彼女の部屋はいつも片付いているらしい。
▶ 就她母親所言，她的房間好像都有整理。

0248
ずいぶん暖かくなったので、冬服の片付けをしましょう。
▶ 天氣已相當緩和了，把冬天的衣服收起來吧！

0249
教室を片付けようとしていたら、先生が来た。
▶ 正打算整理教室的時候，老師來了。

0250
片道の電車賃。
▶ 單程的電車費。

0251
今回は、あなたの勝ちです。
▶ 這一次是你獲勝。

0252
今、一番かっこいいと思う俳優は?
▶ 現在最帥氣的男星是誰？

0253 □	カップ 【cup】	名 杯子；（有把手的）茶杯；獎盃 類 コップ
0254 □ T12	カップル	名 一對，一對男女，一對情人，一對夫婦
0255 □	かつやく 【活躍】	名·自サ 活躍
0256 □	かていか 【家庭科】	名 （學校學科之一）家事，家政
0257 □	かでんせいひん 【家電製品】	名 家用電器
0258 □	かなしみ 【悲しみ】	名 悲哀，悲傷，憂愁，悲痛 反 喜び 類 悲しさ
0259 □	かなづち 【金槌】	名 釘錘，榔頭；旱鴨子
0260 □	かなり	副·形動·名 相當，頗 類 相当
0261 □	かね 【金】	名 金屬；錢，金錢 類 金銭（きんせん）
0262 □	かのう 【可能】	名·形動 可能
0263 □	かび	名 霉

0253
彼氏とおそろいのカップでコーヒーを飲む。
▶ 我跟我男朋友用情人杯喝咖啡。

0254
お似合いなカップルですね。お幸せに。
▶ 新郎新娘好登對喔！祝幸福快樂！

0255
彼は、前回の試合において大いに活躍した。
▶ 他在上次的比賽中大為活躍。

0256
家庭科では家族に対する思いを大切にしている。
▶ 家庭科很重視對家族的感情。

0257
今の家庭には家電製品があふれている。
▶ 現在的家庭中，充滿過多的家電用品。

0258
彼の死に悲しみを感じない者はいない。
▶ 人們都對他的死感到悲痛。

0259
金槌で釘を打つ。
▶ 用榔頭敲打釘子。

0260
先生は、かなり疲れていらっしゃいますね。
▶ 老師您看來相當地疲憊呢！

0261
事業を始めるというと、まず金が問題になる。
▶ 說到創業，首先金錢就是個問題。

0262
可能な範囲で。
▶ 在可能的範圍內。

0263
かびが生えないうちに食べてください。
▶ 請在發霉前把它吃完。

0264	かまう 【構う】	自他五 介意，顧忌，理睬；照顧，招待；調 戲，逗弄；放逐 類 気にする
0265	がまん 【我慢】	名·他サ 忍耐，克制，將就，原諒；（佛）饒恕 類 辛抱（しんぼう）
0266	がまんづよい 【我慢強い】	形 忍耐性強，有忍耐力
0267	かみのけ 【髪の毛】	名 頭髮
0268	ガム 【(英)gum】	名 口香糖；樹膠
0269	カメラマン 【cameraman】	名 攝影師；（報社、雜誌等）攝影記者
0270	がめん 【画面】	名 （繪畫的）畫面；照片，相片；（電影等） 畫面，鏡頭 類 映像（えいぞう）
0271	かもしれない	連語 也許，也未可知
0272	かゆ 【粥】	名 粥，稀飯
0273	かゆい 【痒い】	形 癢的 類 むずむず
0274	カラー 【color】	名 色，彩色；（繪畫用）顏料；特色

0264
あの人は、あまり服装に構わない人です。
▶ 那個人不大在意自己的穿著。

0265
いらないと言った以上は、ほしくても我慢します。
▶ 既然都講不要了，就算想要我也會忍耐。

0266
一年近く病院に通い、薬を飲みながらよくがんばったね。本当に我慢強い子だ。
▶ 往返醫院接近一年，還得吃藥，真夠努力啊！這孩子耐性真強。

0267
髪の毛を切る。
▶ 剪髮。

0268
ガムを噛む。
▶ 嚼口香糖。

0269
日本にはとてもたくさんのカメラマンがいる。
▶ 日本有很多攝影師。

0270
コンピューターの画面を見すぎて目が痛い。
▶ 盯著電腦螢幕看了太久，眼睛好痛。

0271
あなたの言う通りかもしれない。
▶ 或許如你說的。

0272
粥を炊く。
▶ 煮粥。

0273
なんだか体中痒いです。
▶ 不知道為什麼，全身發癢。

0274
地域のカラーを出す。
▶ 有地方特色。

か

0275 □	かり 【借り】	名 借，借入；借的東西；欠人情；怨恨，仇恨
0276 □	かるた	名 紙牌，撲克牌；寫有日本和歌的紙牌
0277 □	かわ 【皮】	名 皮，表皮；皮革 類 表皮（ひょうひ）
0278 □	かわかす 【乾かす】	他五 曬乾；晾乾；烤乾 類 乾く（かわく）
0279 □ T13	かわく 【乾く】	自五 乾，乾燥 類 乾燥（かんそう）
0280 □	かわく 【渇く】	自五 渴，乾渴；渴望，內心的要求
0281 □	かわる 【代わる】	自五 代替，代理，代理 類 代理（だいり）
0282 □	かわる 【替わる】	自五 更換，交替 類 交替
0283 □	かわる 【換わる】	自五 更換，更替 類 交換（こうかん）
0284 □	かわる 【変わる】	自五 變化；與眾不同；改變時間地點，遷居，調任 類 変化する
0285 □	かん 【缶】	名 罐子

0275
5000万円からある借りを少しずつ返していかなければならない。
> 足足欠有5000萬日圓的債務，只得一點一點償還了。

0276
かるたで遊ぶ。
> 玩日本紙牌。

0277
りんごの皮をむいているところを、後ろから押されて指を切ってしまった。
> 我在削蘋果皮時，有人從後面推我一把，害我割到手指。

0278
洗濯物を乾かしているところへ、犬が飛び込んできた。
> 當我正在曬衣服的時候，小狗突然跑了進來。

0279
雨が少ないので、土が乾いている。
> 因雨下得少，所以地面很乾。

か

0280
のどが渇いた。何か飲み物ない。
> 我好渴，有什麼什麼可以喝的？

0281
運転を代わる。
> 交替駕駛。

0282
石油に替わる新しいエネルギーはなんですか。
> 請問可用來替代石油的新能源是什麼呢？

0283
中学校や高校では授業がかわれば教室もかわります。
> 中學及高中則會隨著不同課程，安排不同教室上課。

0284
人の考え方は、変わるものだ。
> 人的想法，是會變的。

0285
缶はまとめてリサイクルした。
> 我將罐子集中，拿去回收了。

0286 □	かん 【刊】	漢造 刊，出版
0287 □	かん 【間】	名・接尾 間，機會，間隙
0288 □	かん 【館】	漢造 旅館；大建築物或商店
0289 □	かん 【感】	名・漢造 感覺，感動；感
0290 □	かん 【観】	名・漢造 觀感，印象，樣子；觀看；觀點
0291 □	かん 【巻】	名・漢造 卷，書冊；（書畫的）手卷；卷曲
0292 □	かんがえ 【考え】	名 思想，想法，意見；念頭，觀念，信念；考慮，思考；期待，願望；決心
0293 □	かんきょう 【環境】	名 環境
0294 □	かんこう 【観光】	名・他サ 觀光，遊覽，旅遊 類 旅行
0295 □	かんごし 【看護師】	名 護士，看護
0296 □	かんしゃ 【感謝】	名・自他サ 感謝 類 お礼

0286
朝刊と夕刊。
▶ 早報跟晚報。

0287
五日間の旅行。
▶ 五天的旅行。

0288
博物館を見学する。
▶ 參觀博物館。

0289
解放感に包まれる。
▶ 充滿開放感。

0290
人生観が変わる。
▶ 改變人生觀。

か

0291
全三巻の書物。
▶ 共三冊的書。

0292
その件について自分の考えを説明した。
▶ 我來說明自己對那件事的看法。

0293
環境のせいか、彼の子どもたちはみなスポーツが好きだ。
▶ 不知道是不是因為環境的關係，他的小孩都很喜歡運動。

0294
まだ天気がいいうちに、観光に出かけました。
▶ 趁天氣還晴朗時，出外觀光去了。

0295
看護師は、患者の日常生活と心をささえる専門職なのです。
▶ 護士是照顧病人的日常生活跟心理的專門職業。

0296
本当は感謝しているくせに、ありがとうも言わない。
▶ 明明就很感謝，卻連句道謝的話也沒有。

0297 □	かんじる・かんずる 【感じる・感ずる】	(自他上一) 感覺，感到；感動，感觸，有所感
0298 □	かんしん 【感心】	(名·形動·自サ) 欽佩；贊成；（貶）令人吃驚 (類) 驚く（おどろく）
0299 □	かんせい 【完成】	(名·自他サ) 完成 (類) 出来上がる（できあがる）
0300 □	かんぜん 【完全】	(名·形動) 完全，完整；完美，圓滿 (反) 不完全 (類) 完璧
0301 □	かんそう 【感想】	(名) 感想 (類) 所感（しょかん）
0302 □	かんづめ 【缶詰】	(名) 罐頭；不與外界接觸的狀態；擁擠的狀態
0303 □	かんどう 【感動】	(名·自サ) 感動，感激 (類) 感銘（かんめい）
0304 □	き 【期】	(漢造) 時期；時機；季節；（預定的）時日
0305 □	き 【機】	(名·接尾·漢造) 時機；飛機；（助數詞用法）架；機器
0306 □ T14	キーボード 【keyboard】	(名) （鋼琴、打字機等）鍵盤
0307 □	きがえる 【着替える】	(他下一) 換衣服

き

0297
とてもおもしろい映画だと感じた。
▶ 我覺得這部電影很有趣。

0298
彼はよく働くので、感心させられる。
▶ 他很努力工作，真是令人欽佩。

0299
ビルの完成にあたって、パーティーを開こうと思う。
▶ 在這大廈竣工之際，我想開個派對。

0300
病気が完全に治ってからでなければ、退院しません。
▶ 在病情完全痊癒之前，我是不會出院的。

0301
全員、明日までに研修の感想を書くように。
▶ 你們全部，在明天以前要寫出研究的感想。

か

0302
缶詰を開ける。
▶ 打開罐頭。

0303
評判が悪かったのに反して、感動的な映画だった。
▶ 跟惡劣的評價相反，是一部令人感動的電影。

0304
入学の時期。
▶ 開學時期。

0305
機が熟す。
▶ 時機成熟。

0306
コンピューターのキーボードをポツポツと叩いた。
▶ 「砰砰」地敲打電腦鍵盤。

0307
着物を着替える。
▶ 換衣服。

0308 □	きかん 【期間】	名 期間，期限內 類 間
0309 □	きく 【効く】	自五 有效，奏效；好用，能幹；可以，能夠；起作用；（交通工具等）通，有
0310 □	きげん 【期限】	名 期限 類 締め切り（しめきり）
0311 □	きこく 【帰国】	名·自サ 回國，歸國；回到家鄉 類 帰京（ききょう）
0312 □	きじ 【記事】	名 報導，記事
0313 □	きしゃ 【記者】	名 執筆者，筆者；（新聞）記者，編輯 類 レポーター
0314 □	きすう 【奇数】	名 （數）奇數 反 偶数（ぐうすう）
0315 □	きせい 【帰省】	名·自サ 歸省，回家（省親），探親 類 里帰り（さとがえり）
0316 □	きたく 【帰宅】	名·自サ 回家 反 出かける 類 帰る
0317 □	きちんと	副 整齊，乾乾淨淨；恰好，洽當；如期，準時；好好地，牢牢地 類 ちゃんと
0318 □	キッチン 【kitchen】	名 廚房 類 台所

0308

夏休みの期間、塾の教師として働きます。

▶ 暑假期間，我以補習班老師的身份在工作。

0309

この薬は、高かったわりに効かない。

▶ 這服藥雖然昂貴，卻沒什麼效用。

0310

支払いの期限を忘れるなんて、非常識というものだ。

▶ 竟然忘記繳款的期限，真是離譜。

0311

夏に帰国して、日本の暑さと湿気の多さにびっくりした。

▶ 夏天回國，對日本暑熱跟多濕，感到驚訝！

0312

新聞記事。

▶ 報紙報導。

0313

記者が質問したにもかかわらず、首相は答えなかった。

▶ 儘管記者的發問，首相還是沒給予回應。

0314

奇数の月に、この書類を提出してください。

▶ 請在每個奇數月交出這份文件。

0315

お正月に帰省しますか。

▶ 請問您元月新年會不會回家探親呢？

0316

あちこちの店でお酒を飲んだあげく、夜中の1時にやっと帰宅した。

▶ 到了許多店去喝酒，深夜一點才終於回到家。

0317

きちんと勉強していたわりには、点が悪かった。

▶ 雖然努力用功了，但分數卻不理想。

0318

キッチンの流し台はすぐに汚れてしまいます。

▶ 廚房的流理台一下子就會變髒了。

0319 ☐	きっと	副 一定，必定；（神色等）嚴厲地，嚴肅地 類 必ず
0320 ☐	きぼう 【希望】	名·他サ 希望，期望，願望 類 望み
0321 ☐	きほん 【基本】	名 基本，基礎，根本 類 基礎
0322 ☐	きほんてき（な） 【基本的（な）】	形動 基本的
0323 ☐	きまり 【決まり】	名 規定，規則；習慣，常規，慣例；終結；收拾整頓 類 規則（きそく）
0324 ☐	きゃくしつじょうむいん 【客室乗務員】	名 （車、飛機、輪船上）服務員 類 キャビンアテンダント
0325 ☐	きゅうけい 【休憩】	名·自サ 休息 類 休息（きゅうそく）
0326 ☐	きゅうこう 【急行】	名·自サ 急忙前往，急趕；急行列車 反 普通 類 急行列車（きゅうこうれっしゃ）
0327 ☐	きゅうじつ 【休日】	名 假日，休息日 類 休み
0328 ☐	きゅうりょう 【丘陵】	名 丘陵
0329 ☐	きゅうりょう 【給料】	名 工資，薪水

0319

あしたはきっと晴^はれるでしょう。

▶ 明天一定會放晴。

0320

あなたが応援^{おうえん}してくれたおかげで、希望^{きぼう}を持^もつことができました。

▶ 因為你的加油打氣，我才能懷抱希望。

0321

日本語^{にほんご}の基本^{きほん}として、ひらがなをきちんと覚^{おぼ}えてください。

▶ 為了打好日語基礎，平假名請一定要確實記牢。

0322

キャッチボールなど基本的^{きほんてき}なことに気^きをつけて試合^{しあい}に臨^{のぞ}んでほしい。

▶ 你們進行比賽，要注意接投球等基本動作。

0323

グループに参加^{さんか}した上^{うえ}は、決^きまりはちゃんと守^{まも}ります。

▶ 既然加入這團體，就會好好遵守規則。

0324

どうしても客室乗務員^{きゃくしつじょうむいん}になりたい、でも身長^{しんちょう}が足^たりない。

▶ 我很想當空姐，但是個子不夠高。

0325

食事^{しょくじ}どころか、休憩^{きゅうけい}する暇^{ひま}もない。

▶ 別說是吃飯，就連休息的時間也沒有。

0326

各駅停車^{かくえきていしゃ}で間^まに合^あいますから、急行^{きゅうこう}に乗^のることはないでしょう。

▶ 搭乘普通車就能趕上了，沒必要搭快車吧！

0327

せっかくの休日^{きゅうじつ}に、何^{なに}もしないでだらだら過^すごすのは嫌^{いや}です。

▶ 我討厭在難得的假日，什麼也不做地閒晃一整天。

0328

丘陵^{きゅうりょう}を散策^{さんさく}する。

▶ 到山岡散步。

0329

給料^{きゅうりょう}が上^あがる。

▶ 提高工資。

き

0330 □ T15	きょう 【教】	漢造 教，教導；宗教
0331 □	ぎょう 【行】	名·漢造 （字的）行；（佛）修行；行書
0332 □	ぎょう 【業】	名·漢造 業，職業；事業；學業
0333 □	きょういん 【教員】	名 教師，教員 類 教師
0334 □	きょうかしょ 【教科書】	名 教科書，教材
0335 □	きょうし 【教師】	名 教師，老師 類 先生
0336 □	きょうちょう 【強調】	名·他サ 強調；權力主張；（行情）看漲 類 力説（りきせつ）
0337 □	きょうつう 【共通】	名·形動·自サ 共同，通用 類 通用（つうよう）
0338 □	きょうりょく 【協力】	名·自サ 協力，合作，共同努力，配合 類 協同（きょうどう）
0339 □	きょく 【曲】	名·漢造 曲調；歌曲；彎曲
0340 □	きょり 【距離】	名 距離，間隔，差距 類 隔たり（へだたり）

き

0330
宗教を信仰する。
▶ 信仰宗教。

0331
行を改める。
▶ 改行。

0332
家の業を継ぐ。
▶ 繼承家業。

0333
小学校の教員になりました。
▶ 我當上小學的教職員了。

0334
歴史の教科書。
▶ 歷史教科書。

0335
教師の立場から見ると、あの子はとてもいい生徒です。
▶ 從老師的角度來看，那孩子真是個好學生。

0336
先生は、この点について特に強調していた。
▶ 老師曾特別強調這個部分。

0337
彼女とは共通の趣味はあるものの、話があまり合わない。
▶ 雖跟她有同樣的嗜好，但還是話不投機半句多。

0338
友達が協力してくれたおかげで、彼女とデートができた。
▶ 由於朋友們從中幫忙撮合，所以才有辦法約她出來。

0339
歌詞に曲をつける。
▶ 為歌詞譜曲。

0340
距離は遠いといっても、車で行けばすぐです。
▶ 雖說距離遠，但開車馬上就到了。

0341 □	きらす 【切らす】	他五 用盡，用光 類 絶やす（たやす）
0342 □	ぎりぎり	名・副・他サ （容量等）最大限度，極限；（摩擦的）嘎吱聲 類 少なくとも
0343 □	きれる 【切れる】	自下一 斷；用盡
0344 □	きろく 【記録】	名・他サ 記錄，記載，（體育比賽的）紀錄 類 記述（きじゅつ）
0345 □	きん 【金】	名・漢造 黃金，金子；金錢
0346 □	きんえん 【禁煙】	名・自サ 禁止吸菸；禁菸，戒菸
0347 □	ぎんこういん 【銀行員】	名 銀行行員
0348 □	きんし 【禁止】	名・他サ 禁止 反 許可（きょか） 類 差し止める（さしとめる）
0349 □	きんじょ 【近所】	名 附近，左近，近郊 類 辺り（あたり）
0350 □	きんちょう 【緊張】	名・自サ 緊張 反 和らげる 類 緊迫（きんぱく）
0351 □	く 【句】	名 字，字句；俳句

0341
恐れ入ります。今、名刺を切らしておりまして……。
▶ 不好意思，現在手邊的名片正好用完……。

0342
期限ぎりぎりまで待ちましょう。
▶ 我們就等到最後的期限吧！

0343
糸が切れる。
▶ 線斷掉。

0344
記録からして、大した選手じゃないのはわかっていた。
▶ 就紀錄來看，可知道他並不是很厲害的選手。

0345
金メダルを獲得する。
▶ 獲得金牌。

き

0346
車内禁煙。
▶ 車內禁止抽煙。

0347
佐藤さんの子どもは二人とも銀行員です。
▶ 佐藤太太的兩個小孩都在銀行工作。

0348
病室では、喫煙のみならず、携帯電話の使用も禁止されている。
▶ 病房內不止抽煙，就連使用手機也是被禁止的。

0349
近所の子どもたちに昔の歌を教えています。
▶ 我教附近的孩子們唱老歌。

0350
彼が緊張しているところに声をかけると、もっと緊張するよ。
▶ 在他緊張時候跟他說話，他會更緊張的啦！

0351
句を詠む。
▶ 吟詠俳句。

0352 ☐	クイズ 【quiz】	名 回答比賽，猜謎；考試
0353 ☐	くう 【空】	名·形動·漢造 空中，空間；空虛
0354 ☐	クーラー 【cooler】	名 冷氣設備
0355 ☐	くさい 【臭い】	形 臭
0356 ☐	くさる 【腐る】	自五 腐臭，腐爛；金屬鏽，爛；墮落，腐敗； 消沉，氣餒 類 腐敗する（ふはいする）
0357 ☐	くし 【櫛】	名 梳子
0358 ☐	くじ 【籤】	名 籤；抽籤
0359 ☐ T16	くすりだい 【薬代】	名 藥費；醫療費，診察費
0360 ☐	くすりゆび 【薬指】	名 無名指 類 紅差し指（べにさしゆび）
0361 ☐	くせ 【癖】	名 癖好，脾氣，習慣；（衣服的）摺線；頭髮 亂翹 類 習慣
0362 ☐	くだり 【下り】	名 下降的；東京往各地的列車 反 上り（のぼり）

0352
テレビのクイズ^{ばんぐみ}番組に参加^{さんか}してみたい。
▶ 我想去參加電視台的益智節目。

0353
空^{くう}に消^きえる。
▶ 消失在空中。

0354
クーラーをつける。
▶ 開冷氣。

0355
臭^{くさ}い匂^{にお}い。
▶ 臭味。

0356
金魚鉢^{きんぎょばち}の水^{みず}が腐^{くさ}る。
▶ 金魚魚缸的水臭掉了。

0357
櫛^{くし}で髪^{かみ}を梳^すく。
▶ 用梳子梳頭髮。

0358
発表^{はっぴょう}の順番^{じゅんばん}は籤^{くじ}で決^きめましょう。
▶ 上台發表的順序就用抽籤來決定吧。

0359
日本^{にほん}では薬代^{くすりだい}はとても高^{たか}いです。
▶ 日本的藥價非常昂貴。

0360
薬指^{くすりゆび}に、結婚指輪^{けっこんゆびわ}をはめている。
▶ 她的無名指上，戴著結婚戒指。

0361
まず、朝寝坊^{あさねぼう}の癖^{くせ}を直^{なお}すことですね。
▶ 首先，你要做的是把你的早上賴床的習慣改掉。

0362
下^{くだ}りの列車^{れっしゃ}に乗^のって帰^{かえ}ります。
▶ 我搭南下的火車回家。

0363 □	くだる 【下る】	自五 下降，下去；下野，脫離公職；由中央到地方；下達；往河的下游去 反 上る
0364 □	くちびる 【唇】	名 嘴唇 類 口唇（こうしん）
0365 □	ぐっすり	副 熟睡，酣睡 類 熟睡（じゅくすい）
0366 □	くび 【首】	名 頸部
0367 □	くふう 【工夫】	名・自サ 設法
0368 □	くやくしょ 【区役所】	名 （東京特別區與政令指定都市所屬的）區公所
0369 □	くやしい 【悔しい】	形 令人懊悔的 類 残念（ざんねん）
0370 □	クラシック 【classic】	名 經典作品，古典作品，古典音樂；古典的 類 古典
0371 □	くらす 【暮らす】	自他五 生活，度日 類 生活する
0372 □	クラスメート 【classmate】	名 同班同學 類 同級生
0373 □	くりかえす 【繰り返す】	他五 反覆，重覆 類 反復する（はんぷくする）

0363
船で川を下る。
▶ 搭船順河而下。

0364
冬になると、唇が乾燥する。
▶ 一到冬天嘴唇就會乾燥。

0365
みんな昨夜はぐっすりと寝たとか。
▶ 聽說大家昨晚都睡得很熟。

0366
どうしてか、首がちょっと痛いです。
▶ 不知道為什麼，脖子有點痛。

0367
工夫しないことには、問題を解決できない。
▶ 如不下點功夫，就沒辦法解決問題。

0368
父は区役所で働いています。
▶ 家父在區公所工作。

0369
試合に負けたので、悔しくてたまらない。
▶ 由於比賽輸了，所以懊悔得不得了。

0370
クラシックを勉強するからには、ウィーンに行かなければ。
▶ 既然要學古典音樂，就得去一趟維也納。

0371
親子3人で楽しく暮らしています。
▶ 親子三人過著快樂的生活。

0372
クラスメートはみな仲が良いです。
▶ 我們班同學相處得十分和睦。

0373
失敗は繰り返すまいと、心に誓った。
▶ 我心中發誓，絕不再犯同樣的錯。

く

0374 □	クリスマス 【christmas】	名 聖誕節
0375 □	グループ 【group】	名（共同行動的）集團，夥伴；組，幫，群 類 集団（しゅうだん）
0376 □	くるしい 【苦しい】	形 艱苦；困難；難過；勉強
0377 □	くれ 【暮れ】	名 日暮，傍晚；季末，年末 反 明け 類 夕暮れ（ゆうぐれ）、年末
0378 □	くろ 【黒】	名 黑，黑色；犯罪，罪犯
0379 □	くわしい 【詳しい】	形 詳細；精通，熟悉 類 詳細（しょうさい）
け 0380 □	け 【家】	接尾 家，家族
0381 □	けい 【計】	名 計畫，計；總計，合計
0382 □	けいい 【敬意】	名 尊敬對方的心情，敬意
0383 □	けいえい 【経営】	名・他サ 經營，管理 類 営む（いとなむ）
0384 □	けいご 【敬語】	名 敬語

0374
クリスマスおめでとう。
▶ 聖誕節快樂。

0375
あいつのグループなんか、入るものか。
▶ 我才不加入那傢伙的團隊！

0376
苦しい家計。
▶ 艱苦的家計。

0377
去年の暮れに比べて、景気がよくなりました。
▶ 和去年年底比起來，景氣已回升許多。

0378
黒に染める。
▶ 染成黑色。

0379
事情を詳しく知っている人。
▶ 知道詳情的人。

0380
将軍家の一族。
▶ 將軍一家 (普通指德川一家)。

0381
一年の計は元旦にあり。
▶ 一年之計在於春。

0382
敬意を表する。
▶ 表達敬意。

0383
経営上はうまくいっているが、人間関係がよくない。
▶ 經營上雖不錯，但人際關係卻不好。

0384
敬語を使いこなす。
▶ 熟練掌握敬語。

0385 ☐	けいこうとう 【蛍光灯】	⑧ 螢光燈，日光燈
0386 ☐	けいさつかん 【警察官】	⑧ 警察官，警官 ⑲ 警官
0387 ☐ T17	けいさつしょ 【警察署】	⑧ 警察署
0388 ☐	けいさん 【計算】	⑧·他サ 計算，演算；估計，算計，考慮 ⑲ 打算
0389 ☐	げいじゅつ 【芸術】	⑧ 藝術 ⑲ アート
0390 ☐	けいたい 【携帯】	⑧·他サ 攜帶；手機（「携帯電話（けいたいでんわ）」的簡稱）
0391 ☐	けいやく 【契約】	⑧·自他サ 契約，合同 ⑲ 約する（やくする）
0392 ☐	けいゆ 【経由】	⑧·自サ 經過，經由 ⑲ 経る
0393 ☐	ゲーム 【game】	⑧ 遊戲，娛樂；比賽
0394 ☐	げきじょう 【劇場】	⑧ 劇院，劇場，電影院 ⑲ シアター
0395 ☐	げじゅん 【下旬】	⑧ 下旬 ⑳ 上旬（じょうじゅん） ⑲ 月末（げつまつ）

0385
蛍光灯の調子が悪い。
▶ 日光燈出了問題。

0386
どんな女性が警察官の妻に向いていますか。
▶ 什麼樣的女性適合當警官的妻子呢？

0387
容疑者が警察署に連れて行かれた。
▶ 嫌犯被帶去了警局。

0388
商売をしているだけあって、計算が速い。
▶ 不愧是做買賣的，計算得真快。

0389
芸術もわからないくせに、偉そうなことを言うな。
▶ 明明就不懂藝術，別在那裡說得跟真的一樣。

け

0390
この携帯電話ときたら、充電してもすぐ電池がなくなる。
▶ 這支手機也真是的，就算充電了也會馬上沒電。

0391
君が反省しないかぎり、来年の契約はできない。
▶ 只要你不反省，就沒辦法簽下明年的契約。

0392
新宿を経由して、東京駅まで行きます。
▶ 我經新宿，前往東京車站。

0393
ゲームで負ける。
▶ 遊戲比賽比輸。

0394
どこに劇場を建てるかをめぐって、論議が起こっています。
▶ 為了蓋電影院的地點一事，而產生了許多爭議。

0395
2月の下旬に再会したのをきっかけにして、二人は交際を始めた。
▶ 自從 2 月下旬再度重逢後，兩人就開始交往了。

0396 ☐	けしょう【化粧】	(名・自サ) 化妝，打扮；修飾，裝飾，裝潢 (類) メークアップ
0397 ☐	けた【桁】	(名) （房屋、橋樑的）橫樑，桁架；算盤的主柱；數字的位數
0398 ☐	けち	(名・形動) 吝嗇、小氣（的人）；卑賤，簡陋，心胸狹窄，不值錢 (類) 吝嗇（りんしょく）
0399 ☐	ケチャップ【ketchup】	(名) 蕃茄醬
0400 ☐	けつえき【血液】	(名) 血，血液 (類) 血
0401 ☐	けっか【結果】	(名・自他サ) 結果，結局 (反) 原因 (類) 結末（けつまつ）
0402 ☐	けっせき【欠席】	(名・自サ) 缺席 (反) 出席
0403 ☐	げつまつ【月末】	(名) 月末、月底 (反) 月初（つきはじめ）
0404 ☐	けむり【煙】	(名) 煙 (類) スモーク
0405 ☐	ける【蹴る】	(他五) 踢；沖破（浪等）；拒絕，駁回 (類) 蹴飛ばす（けとばす）
0406 ☐	けん【軒】	(漢造) 軒昂，高昂；屋簷；表房屋數量，書齋，商店等雅號

0396
かのじょはトイレで化粧している。
▶ 她在廁所化妝。

0397
桁が一つ違うから、高くて買えないよ。
▶ 因為價格上多了一個零，太貴買不下手啦！

0398
彼は、経済観念があるというより、けちなんだと思います。
▶ 與其說他有理財觀念，倒不如說是小氣。

0399
ハンバーグにはケチャップをつけます。
▶ 把蕃茄醬澆淋在漢堡肉上。

0400
検査というと、まず血液を取らなければなりません。
▶ 說到檢查，首先就得先抽血才行。

け

0401
結果から見ると、今回の会議はなかなか成功でした。
▶ 就結果來看，這次的會議辦得挺成功的。

0402
病気のため学校を欠席する。
▶ 因生病而沒去學校。

0403
給料は、月末に支払われる。
▶ 薪資在月底支付。

0404
喫茶店は、煙草の煙でいっぱいだった。
▶ 咖啡廳裡，瀰漫著香煙的煙。

0405
ボールを蹴ったら、隣のうちに入ってしまった。
▶ 球一踢就飛到隔壁的屋裡去了。

0406
村には、薬屋が３軒もあるのだ。
▶ 村裡竟有３家藥局。

0407 □	けんこう 【健康】	形動 健康的，健全的 類 元気
0408 □	けんさ 【検査】	名・他サ 檢查，檢驗 類 調べる（しらべる）
0409 □	げんだい 【現代】	名 現代，當代；（歷史）現代（日本史上指二次世界大戰後） 反 古代 類 当世
0410 □	けんちくか 【建築家】	名 建築師
0411 □ T18	けんちょう 【県庁】	名 縣政府
0412 □	（じどう）けんばいき 【（自動）券売機】	名 （門票、車票等）自動售票機
0413 □	こ 【小】	接頭 小，少；左右；稍微
0414 □	こ 【湖】	接尾 湖
0415 □	こい 【濃い】	形 色或味濃深；濃稠，密 反 薄い 類 濃厚（のうこう）
0416 □	こいびと 【恋人】	名 情人，意中人
0417 □	こう 【高】	名・漢造 高；高處，高度；（地位等）高

こ

0407
煙草をたくさん吸っていたわりに、健康です。
▶ 雖然抽煙抽得兇，但身體卻很健康。

0408
病気かどうかは、検査をした上でなければわからない。
▶ 是不是生病，不經過檢查是無法斷定的。

0409
この方法は、現代ではあまり使われません。
▶ 那個方法現代已經不常使用了。

0410
このビルは有名な建築家が設計したそうです。
▶ 聽說這棟建築物是由一位著名的建築師設計的。

0411
県庁のとなりにきれいな公園があります。
▶ 在縣政府的旁邊有座美麗的公園。

け

0412
新幹線の切符も自動券売機で買うことができます。
▶ 新幹線的車票也可以在自動販賣機買得到。

0413
小雨が降る。
▶ 下小雨。

0414
琵琶湖。
▶ 琵琶湖。

0415
濃い化粧をする。
▶ 化著濃妝。

0416
恋人ができた。
▶ 有了情人。

0417
高層ビルを建築する。
▶ 蓋摩天大樓。

0418 □	こう 【校】	漢造 學校；校對；（軍銜）校；學校
0419 □	こう 【港】	漢造 港口
0420 □	ごう 【号】	名・漢造（雜誌刊物等）期號；（學者等）別名
0421 □	こういん 【行員】	名 銀行職員
0422 □	こうか 【効果】	名 效果，成效，成績；（劇）效果 類 効き目（ききめ）
0423 □	こうかい 【後悔】	名・他サ 後悔，懊悔 類 悔しい（くやしい）
0424 □	ごうかく 【合格】	名・自サ 及格；合格
0425 □	こうかん 【交換】	名・他サ 交換；交易
0426 □	こうくうびん 【航空便】	名 航空郵件；空運
0427 □	こうこく 【広告】	名・他サ 廣告；作廣告，廣告宣傳 類 コマーシャル
0428 □	こうさいひ 【交際費】	名 應酬費用 類 社交費（しゃこうひ）

0418
こうそく まも
校則を守る。
▶ 遵守校規。

0419
ふね しゅっこう
船が出港した。
▶ 船出港了。

0420
ざっし いちがつごう か
雑誌の一月号を買う。
▶ 買一月號的雑誌。

0421
ぎんこう こういん
銀行の行員。
▶ 銀行職員。

0422
ど りょく ぜんぜんこう か あ
努力にもかかわらず、全然効果が上がらない。
▶ 雖然努力了，效果還是完全未見提升。

こ

0423
すこ はや か こうかい
もう少し早く駆けつけていればと、後悔してやまない。
▶ 如果再早一點趕過去就好了，對此我一直很後悔。

0424
し けん ごうかく
試験に合格する。
▶ 考試及格。

0425
ぶつぶつこうかん
物々交換。
▶ 以物換物。

0426
ちゅうもん しなもの し きゅうひつよう こうくうびん おく
注文した品物は至急必要なので、航空便で送ってください。
▶ 我訂購的商品是急件，請用空運送過來。

0427
こうこく だ かね ひつよう
広告を出すとすれば、たくさんお金が必要になります。
▶ 如果要拍廣告，就需要龐大的資金。

0428
ともだち の こうさい ひ
友達と飲んだコーヒーって、交際費。
▶ 跟朋友去喝咖啡，這算是交際費呢？

0429	こうじ 【工事】	(名・自サ) 工程，工事
0430	こうつうひ 【交通費】	(名) 交通費，車馬費 (類) 足代（あしだい）
0431	こうねつひ 【光熱費】	(名) 電費和瓦斯費等 (類) 燃料費（ねんりょうひ）
0432	こうはい 【後輩】	(名) 晚輩，後生；後來的同事，（同一學校）後班生 (反) 先輩 (類) 後進（こうしん）
0433	こうはん 【後半】	(名) 後半，後一半 (反) 前半
0434	こうふく 【幸福】	(名・形動) 沒有憂慮，非常滿足的狀態
0435	こうふん 【興奮】	(名・自サ) 興奮，激昂；情緒不穩定 (反) 落ちつく (類) 激情（げきじょう）
0436	こうみん 【公民】	(名) 公民
0437	こうみんかん 【公民館】	(名) （市村町等的）文化館，活動中心
0438	こうれい 【高齢】	(名) 高齡
0439	こうれいしゃ 【高齢者】	(名) 高齡者，年高者

T19

0429
工事の騒音をめぐって、近所から抗議されました。
▶ 工廠因為施工所產生的噪音，而受到附近居民的抗議。

0430
会場までの交通費は自分で払います。
▶ 前往會場的交通費必須自付。

0431
生活が困窮し、学費はおろか光熱費も払えない。
▶ 生活陷入窘境，別說是學費，就連電費和瓦斯費都付不出來。

0432
明日は、後輩もいっしょに来ることになっている。
▶ 預定明天學弟也會一起前來。

0433
私は三十代後半の主婦です。
▶ 我是個超過三十五歲的家庭主婦。

こ

0434
幸福な人生。
▶ 幸福的人生。

0435
互角の試合運びに、興奮きわまりない。
▶ 比賽進入勢均力敵的階段，令人非常興奮。

0436
公民は中学3年生のときに習いました。
▶ 中學三年級時已經上過了公民課程。

0437
公民館で茶道や華道の教室があります。
▶ 公民活動中心裡設有茶道與花道的課程。

0438
会長は高齢ですが、まだまだ元気です。
▶ 會長雖然年事已高，但是依然精力充沛。

0439
近年、高齢者の人数が増えています。
▶ 近年來，高齡人口的數目不斷增加。

0440 ☐	こえる 【越える・超える】	自下一 越過；度過；超出，超過
0441 ☐	ごえんりょなく 【ご遠慮なく】	敬 請不用客氣
0442 ☐	コース 【course】	名 路線，（前進的）路徑；跑道
0443 ☐	こおり 【氷】	名 冰
0444 ☐	ごかい 【誤解】	名·他サ 誤解，誤會 類 勘違い（かんちがい）
0445 ☐	ごがく 【語学】	名 外語的學習，外語，外語課
0446 ☐	こきょう 【故郷】	名 故鄉，家鄉，出生地 類 郷里（きょうり）
0447 ☐	こく 【国】	漢造 國；政府；國際，國有
0448 ☐	こくご 【国語】	名 一國的語言；本國語言；（學校的）國語 （課），語文（課） 類 共通語（きょうつうご）
0449 ☐	こくさいてきな 【国際的な】	形動 國際的 類 世界的な
0450 ☐	こくせき 【国籍】	名 國籍

0440
国境を越える。
▶ 穿越國境。

0441
どうぞ、ご遠慮なく。
▶ 請不用客氣。

0442
コースを変える。
▶ 改變路線。

0443
氷が溶ける。
▶ 冰融化。

0444
誤解を招くことなく、状況を説明しなければならない。
▶ 為了不引起誤會，要先說明一下狀況才行。

こ

0445
語学の天才。
▶ 外語的天才。

0446
誰だって、故郷が懐かしいに決まっている。
▶ 不論是誰，都會覺得故郷很令人懷念。

0447
国民の権利。
▶ 國民的權利。

0448
国語とはその国を代表する言葉です。
▶ 所謂的國語，就是代表該國的語言。

0449
国際的な会議に参加したことがありますか。
▶ 請問您有沒有參加過國際會議呢？

0450
国籍を変更する。
▶ 變更國籍。

0451 □	こくばん 【黒板】	名 黑板
0452 □	こし 【腰】	名・接尾 腰；（衣服、裙子等的）腰身
0453 □	こしょう 【胡椒】	名 胡椒 類 ペッパー
0454 □	こじん 【個人】	名 個人
0455 □	こぜに 【小銭】	名 零錢；零用錢；少量資金
0456 □	こづつみ 【小包】	名 小包裹；包裹
0457 □	コットン 【cotton】	名 棉，棉花；木棉，棉織品
0458 □	ごと 【毎】	接尾 每
0459 □	ごと	接尾 （表示包含在內）一共，連同
0460 □	ことわる 【断る】	他五 謝絕；預先通知，事前請示
0461 □	コピー 【copy】	名 抄本，謄本，副本；（廣告等的）文稿

0451
黒板を拭く。
▶ 擦黑板。

0452
腰が痛い。
▶ 腰痛。

0453
胡椒を入れたら、くしゃみが出た。
▶ 灑了胡椒後，打了個噴嚏。

0454
個人的な問題。
▶ 私人的問題。

0455
すみませんが、1000円札を小銭に替えてください。
▶ 不好意思，請將千元鈔兌換成硬幣。

0456
小包を出す。
▶ 寄包裹。

0457
友人に赤ちゃんが生まれたので、コットン生地の肌着をプレゼントしました。
▶ 朋友生了小嬰兒，於是我送了她純棉內衣做為禮物。

0458
月ごとの支払い。
▶ 每月支付。

0459
リンゴを皮ごと食べる。
▶ 蘋果帶皮一起吃。

0460
借金を断られる。
▶ 借錢被拒絕。

0461
書類をコピーする。
▶ 影印文件。

0462 □	こぼす 【溢す】	他五 灑，漏，溢（液體），落（粉末）；發牢騷，抱怨 類 漏らす（もらす）
0463 □	こぼれる 【零れる】	自下一 灑落，流出；溢出，漾出；（花）掉落 類 溢れる
0464 □	コミュニケーション 【communication】	名 通訊，報導，信息；（語言、思想、精神上的）交流，溝通
0465 □	こむ 【込む】	自五・接尾 擁擠，混雜；費事，精緻，複雜；表進入的意思；表深入或持續到極限
0466 □	ゴム 【(荷)gom】	名 樹膠，橡皮，橡膠
0467 □	コメディー 【comedy】	名 喜劇 反 悲劇（ひげき） 類 喜劇（きげき）
0468 □	ごめんください	連語・感 （道歉、叩門時）對不起，有人在嗎？
0469 □ T20	こゆび 【小指】	名 小指頭 反 親指 類 指
0470 □	ころす 【殺す】	他五 殺死，致死；抑制，忍住，消除；埋沒；浪費，犧牲，典當；殺，（棒球）使出局 反 生かす（いかす）　類 殺害（さつがい）
0471 □	こんご 【今後】	名 今後，以後，將來 類 以後
0472 □	こんざつ 【混雑】	名・自サ 混亂，混雜，混染 類 混乱（こんらん）

0462
☐ 辛さのあまり、つい愚痴をこぼしてしまいました。
▶ 因為太難受了，而發起牢騷來了。

0463
☐ 悲しくて、涙がこぼれてしまった。
▶ 難過得眼淚掉了出來。

0464
☐ 仕事の際には、コミュニケーションを大切にしよう。
▶ 工作時，要注重溝通唷。

0465
☐ 電車が込む。
▶ 電車擁擠。

0466
☐ 輪ゴムでしばる。
▶ 用橡皮筋綁起來。

0467
☐ 姉はコメディー映画が好きです。
▶ 姊姊喜歡看喜劇電影。

0468
☐ ごめんください。誰かいらっしゃいますか。
▶ 有人嗎？有人在家嗎？

0469
☐ 小指に怪我をしました。
▶ 我小指頭受了傷。

0470
☐ 社長を批判すると、殺されかねないよ。
▶ 你要是批評社長，性命可就難保了唷！

0471
☐ 今後のことを考える一方、現在の生活も楽しみたいです。
▶ 在為今後作打算的同時，我也想好好享受現在的生活。

0472
☐ 新しい道路を作らないことには、混雑は解消しない。
▶ 如果不開一條新的馬路，就沒辦法解除這交通混亂的現象。

0473 ☐	コンタクト 【contact lens之略】	名 隱形眼鏡；接觸 類 コンタクトレンズ
0474 ☐	こんにちは 【今日は】	感 您好
0475 ☐	コンビニ（エンスストア） 【convenience store】	名 便利商店 類 雑貨店（ざっかてん）
0476 ☐	さい 【最】	漢造·接頭 最
0477 ☐	さい 【祭】	漢造 祭祀，祭禮；節日，節日的狂歡
0478 ☐	ざいがく 【在学】	名·自サ 在校學習，上學
0479 ☐	さいこう 【最高】	名·形動 （高度、位置、程度）最高，至高無上；頂，極，最 反 最低 類 ベスト
0480 ☐	さいてい 【最低】	名·形動 最低，最差，最壞 反 最高 類 最悪（さいあく）
0481 ☐	さいほう 【裁縫】	名·自サ 裁縫，縫紉
0482 ☐	さか 【坂】	名 斜面，坡道；（比喻人生或工作的關鍵時刻）大關，陡坡 類 坂道（さかみち）
0483 ☐	さがる 【下がる】	自五 後退；下降 反 上がる 類 落ちる

さ

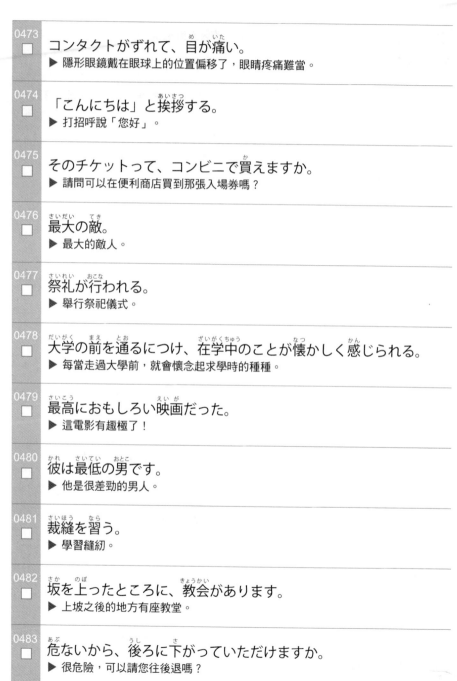

0473
コンタクトがずれて、目が痛い。
▶ 隱形眼鏡戴在眼球上的位置偏移了，眼睛疼痛難當。

0474
「こんにちは」と挨拶する。
▶ 打招呼說「您好」。

0475
そのチケットって、コンビニで買えますか。
▶ 請問可以在便利商店買到那張入場券嗎？

0476
最大の敵。
▶ 最大的敵人。

0477
祭礼が行われる。
▶ 舉行祭祀儀式。

こ

0478
大学の前を通るにつけ、在学中のことが懐かしく感じられる。
▶ 每當走過大學前，就會懷念起求學時的種種。

0479
最高におもしろい映画だった。
▶ 這電影有趣極了！

0480
彼は最低の男です。
▶ 他是很差勁的男人。

0481
裁縫を習う。
▶ 學習縫紉。

0482
坂を上ったところに、教会があります。
▶ 上坡之後的地方有座教堂。

0483
危ないから、後ろに下がっていただけますか。
▶ 很危險，可以請您往後退嗎？

0484 □	さく 【昨】	漢造 昨天；前一年，前一季；以前，過去
0485 □	さくじつ 【昨日】	名 （「きのう」的鄭重說法）昨日，昨天 反 明日 類 前の日
0486 □	さくじょ 【削除】	名・他サ 刪掉，刪除，勾消，抹掉 類 削り取る（けずりとる）
0487 □	さくねん 【昨年】	名・副 去年 反 来年 類 去年
0488 □	さくひん 【作品】	名 製成品；（藝術）作品，（特指文藝方面）創作 類 作物（さくぶつ）
0489 □	さくら 【桜】	名 （植）櫻花，櫻花樹；淡紅色
0490 □	さけ 【酒】	名 酒（的總稱），日本酒，清酒
0491 □	さけぶ 【叫ぶ】	自五 喊叫，呼叫，大聲叫；呼喊，呼籲 類 わめく
0492 □	さける 【避ける】	他下一 躲避，避開，逃避；避免，忌諱 類 免れる（まぬがれる）
0493 □	さげる 【下げる】	他下一 向下；掛；收走 反 上げる
0494 □	ささる 【刺さる】	自五 刺在…在，扎進，刺入

0484
昨年の正月。
▶ 去年過年。

0485
昨日から横浜で日本語教育についての国際会議が始まりました。
▶ 從昨天開始，於橫濱展開了一場有關日語教育的國際會議。

0486
子どもに悪い影響を与える言葉は、削除することになっている。
▶ 按規定要刪除對孩子有不好影響的詞彙。

0487
昨年はいろいろお世話になりました。
▶ 去年承蒙您多方照顧。

0488
これは私にとって忘れがたい作品です。
▶ 這對我而言，是件難以忘懷的作品。

さ

0489
桜が咲く。
▶ 櫻花開了。

0490
酒に酔う。
▶ 酒醉。

0491
少年は、急に思い出したかのように叫んだ。
▶ 少年好像突然想起了什麼事一般地大叫了一聲。

0492
問題を指摘しつつも、自分から行動することは避けている。
▶ 儘管他指出了問題點，但還是盡量避免自己去做。

0493
飲み終わったら、コップを下げます。
▶ 喝完了，杯子就會收走。

0494
指にガラスの破片が刺さってしまった。
▶ 手指被玻璃碎片給刺傷了。

0495 □	さす 【刺す】	(他五) 刺，穿，扎；螫，咬，釘；縫綴，衲；捉住，黏捕 (類) 突き刺す（つきさす）
0496 □ T21	さす 【指す】	(他五) 指，指示；使，叫，令，命令做… (類) 指示
0497 □	さそう 【誘う】	(他五) 約，邀請；勸誘，會同；誘惑，勾引；引誘，引起 (類) 促す（うながす）
0498 □	さっか 【作家】	(名) 作家，作者，文藝工作者；藝術家，藝術工作者 (類) ライター
0499 □	さっきょくか 【作曲家】	(名) 作曲家
0500 □	さまざま 【様々】	(名・形動) 種種，各式各樣的，形形色色的 (類) 色々
0501 □	さます 【冷ます】	(他五) 冷卻，弄涼；（使熱情、興趣）降低，減低 (類) 冷やす（ひやす）
0502 □	さます 【覚ます】	(他五) （從睡夢中）弄醒，喚醒；（從迷惑、錯誤中）清醒，醒酒；使清醒，使覺醒 (類) 覚める
0503 □	さめる 【冷める】	(自下一) （熱的東西）變冷，涼；（熱情、興趣等）降低，減退 (類) 冷える
0504 □	さめる 【覚める】	(自下一) （從睡夢中）醒，醒過來；（從迷惑、錯誤、沉醉中）醒悟，清醒 (類) 目覚める
0505 □	さら 【皿】	(名) 盤子；盤形物；（助數詞）一碟等

0495
蜂に刺されてしまった。
▶ 我被蜜蜂給螫到了。

0496
甲と乙というのは、契約者を指しています。
▶ 這甲乙指的是簽約的雙方。

0497
女性を誘うと、誤解されかねないですよ。
▶ 去邀約女性有可能會招來誤解喔！

0498
さすが、作家だけあって、文章がうまい。
▶ 不愧是作家，文章寫得真好。

0499
作曲家になるにはどうすればよいですか。
▶ 請問該如何成為一個作曲家呢？

0500
失敗の原因については、様々な原因が考えられる。
▶ 針對失敗，我想到了各種原因。

0501
熱いから、冷ましてから食べてください。
▶ 很燙的！請吹涼後再享用。

0502
赤ちゃんは、もう目を覚ましていますか。
▶ 小嬰兒已經醒了嗎？

0503
スープが冷めてしまった。
▶ 湯冷掉了。

0504
びっくりして、目が覚めた。
▶ 嚇了一跳，都醒過來了。

0505
料理を皿に盛る。
▶ 把菜放到盤子裡。

0506 □	さらいげつ 【再来月】	名 下下個月
0507 □	さらいしゅう 【再来週】	名 下下週
0508 □	さらいねん 【再来年】	名 後年
0509 □	サラリーマン 【salariedman】	名 薪水階級，職員
0510 □	さわぎ 【騒ぎ】	名 吵鬧，吵嚷；混亂，鬧事；轟動一時（的事件），激動，振奮 類 騒動（そうどう）
0511 □	さん 【山】	接尾 山；寺院，寺院的山號
0512 □	さん 【産】	名·漢造 生產，分娩；（某地方）出生；財產
0513 □	さんか 【参加】	名·自サ 參加，加入 類 加入
0514 □	さんかく 【三角】	名 三角形
0515 □	ざんぎょう 【残業】	名·自サ 加班 類 超勤（ちょうきん）
0516 □	さんすう 【算数】	名 算數，初等數學；計算數量 類 計算

0506
再来月旅行しに行く。
▶ 下下個月要去旅行。

0507
再来週出張する。
▶ 下下星期要出差。

0508
再来年留学する。
▶ 後年去留學。

0509
サラリーマン階級。
▶ 薪水階級。

0510
学校で、何か騒ぎが起こったらしい。
▶ 看來學校裡，好像起了什麼騷動的樣子。

0511
富士山に登る。
▶ 爬富士山。

0512
日本産の車。
▶ 日產汽車。

0513
私たちが参加してみたかぎりでは、そのパーティーはとてもよかった。
▶ 就我們參加過的感想，那個派對辦得很成功。

0514
三角にする。
▶ 畫成三角。

0515
彼はデートだから、残業しっこない。
▶ 他要約會，所以不可能會加班的。

0516
うちの子は、算数が得意な反面、国語は苦手です。
▶ 我家小孩的算數很拿手，但另一方面卻拿國文沒輒。

さ

し

0517 □	さんせい 【賛成】	名·自サ 賛成，同意 反 反対 類 同意
0518 □	サンプル 【sample】	名·他サ 樣品，樣本
0519 □	し 【紙】	漢造 報紙的簡稱；紙；文件，刊物
0520 □	し 【詩】	名·漢造 詩，漢詩，詩歌 類 漢詩（かんし）
0521 □	じ 【寺】	漢造 寺
0522 □	しあわせ 【幸せ】	名·形動 運氣，機運；幸福，幸運 反 不幸せ（ふしあわせ） 類 幸福（こうふく）
0523 □	シーズン 【season】	名 （盛行的）季節，時期 類 時期
0524 □	CD ドライブ 【CD drive】	名 光碟機
0525 □ T22	ジーンズ 【jeans】	名 牛仔褲
0526 □	じえいぎょう 【自営業】	名 獨立經營，獨資
0527 □	ジェットき 【jet 機】	名 噴氣式飛機，噴射機

0517

みなが賛成するかどうかにかかわらず、私は反対します。
▶ 無論大家贊成與否，我都反對。

0518

サンプルを見て作る。
▶ 依照樣品來製作。

0519

表紙を作る。
▶ 製作封面。

0520

私の趣味は、詩を書くことです。
▶ 我的興趣是作詩。

0521

寺院に詣でる。
▶ 參拜寺院。

0522

結婚すれば幸せというものではないでしょう。
▶ 結婚並不能說就會幸福的吧！

0523

旅行シーズンにもかかわらず、観光客が少ない。
▶ 儘管是觀光旺季，觀光客還是很少。

0524

CD ドライブが起動しません。
▶ 光碟機沒有辦法起動。

0525

ジーンズをはく。
▶ 穿牛仔褲。

0526

自営業ですから、ボーナスはありません。
▶ 因為我從事的是自營業，所以沒有分紅獎金。

0527

ジェット機に乗る。
▶ 乘坐噴射機。

0528 ☐	しかく 【四角】	名 四角形，四方形，方形
0529 ☐	しかく 【資格】	名 資格，身份；水準 類 身分（みぶん）
0530 ☐	じかんめ 【時間目】	接尾 第…小時
0531 ☐	しげん 【資源】	名 資源
0532 ☐	じけん 【事件】	名 事件，案件 類 出来事
0533 ☐	しご 【死後】	名 死後；後事 反 生前 類 没後（ぼつご）
0534 ☐	じご 【事後】	名 事後 反 事前
0535 ☐	ししゃごにゅう 【四捨五入】	名 四捨五入
0536 ☐	ししゅつ 【支出】	名・他サ 開支，支出 反 収入 類 支払い（しはらい）
0537 ☐	しじん 【詩人】	名 詩人 類 歌人（かじん）
0538 ☐	じしん 【自信】	名 自信，自信心

0528
しかく めんせき
四角の面積。
▶ 四方形的面積。

0529
ねん べんごし しかく しゅとく
5年かかってやっと弁護士の資格を取得した。
▶ 經過五年的努力不懈，終於取得律師資格。

0530
にじかんめ じゅぎょう
二時間目の授業。
▶ 第二節課。

0531
くに しげん すく ぎじゅつ
この国は、資源は少ないながら、技術でがんばっています。
▶ 這國家資源雖然不足，但仍靠著技術努力發展。

0532
れんぞく さつじんじけん お
連続して殺人事件が起きた。
▶ 殺人事件接二連三地發生了。

0533
しご せかい おも
みなさんは死後の世界があると思いますか。
▶ 請問各位認為真的有冥界嗎？

0534
じご ひょうかほうこくしょ ていしゅつ
事後に評価報告書を提出してください。
▶ 請在結束以後提交評估報告書。

0535
ししゃごにゅう
26を四捨五入すると30です。
▶ 將26四捨五入後就成為30。

0536
ししゅつ ふ ちょきん へ
支出が増えたせいで、貯金が減った。
▶ 都是支出變多，儲蓄才變少了。

0537
かれ しじん ときどきしょうせつ か
彼は詩人ですが、時々小説も書きます。
▶ 他雖然是個詩人，有時候也會寫寫小說。

0538
じしん も もっと ひつよう
自信を持つことこそ、あなたに最も必要なことです。
▶ 要對自己有自信，對你來講才是最需要的。

し

0539 ☐	しぜん 【自然】	名·形動·副 自然，天然；大自然，自然界；自然地 反 人工（じんこう） 類 天然
0540 ☐	じぜん 【事前】	名 事前 反 事後
0541 ☐	した 【舌】	名 舌頭；說話；舌狀物 類 べろ
0542 ☐	したしい 【親しい】	形 （血緣）近；親近，親密；不稀奇 反 疎い（うとい） 類 懇ろ（ねんごろ）
0543 ☐	しつ 【質】	名 質量；品質，素質；質地，實質；抵押品； 真誠，樸實 類 性質（せいしつ）
0544 ☐	じつ 【日】	漢造 太陽；日，一天，白天；每天
0545 ☐	しつぎょう 【失業】	名·自サ 失業 類 失職（しっしょく）
0546 ☐	しっけ 【湿気】	名 濕氣 類 湿り（しめり）
0547 ☐	じっこう 【実行】	名·他サ 實行，落實，施行 類 実践
0548 ☐	しつど 【湿度】	名 濕度
0549 ☐	じっと	副·自サ 保持穩定，一動不動；凝神，聚精會 神；一聲不響地忍住；無所做為，呆住 類 つくづく

0539
この国は、経済が遅れている半面、自然が豊かだ。
▶ 這個國家經濟雖落後，但另一方面卻擁有豐富的自然資源。

0540
事前の予告なしに、首相が被災地を訪問した。
▶ 首相沒事先通知就來到了災區。

0541
熱いものを食べて、舌を火傷した。
▶ 我吃到熱食，燙到舌頭了。

0542
学生からの付き合いですから、村田さんとは親しいですよ。
▶ 我和村田先生從學生時代就是朋友了，兩人的交情非常要好。

0543
この店の商品は、あの店に比べて質がいいです。
▶ 這家店的商品，比那家店的品質好多了。

し

0544
翌日に到着する。
▶ 在隔日抵達。

0545
会社が倒産して失業する。
▶ 公司倒閉而失業。

0546
暑さに加えて、湿気もひどくなってきた。
▶ 除了熱之外，濕氣也越來越嚴重。

0547
資金が足りなくて、計画を実行するどころじゃない。
▶ 資金不足，哪能實行計畫呀！

0548
湿度が高くなるにしたがって、いらいらしてくる。
▶ 溼度越高，就越令人感到不耐煩。

0549
相手の顔をじっと見つめる。
▶ 凝神注視對方的臉。

0550 ☐	じつは 【実は】	圖 說真的，老實說，事實是，說實在的 類 打ち明けて言うと
0551 ☐ T23	じつりょく 【実力】	名 實力，實際能力 類 腕力（わんりょく）
0552 ☐	しつれいします 【失礼します】	感 （道歉）對不起；（先行離開）先走一步
0553 ☐	じどう 【自動】	名 自動（不單獨使用）
0554 ☐	しばらく	圖 好久；暫時 類 しばし
0555 ☐	じばん 【地盤】	名 地基，地面；地盤，勢力範圍
0556 ☐	しぼう 【死亡】	名・他サ 死亡 反 生存 類 死去（しきょ）
0557 ☐	しま 【縞】	名 條紋，格紋，條紋布
0558 ☐	しまがら 【縞柄】	名 條紋花樣 類 縞模様（しまもよう）
0559 ☐	しまもよう 【縞模様】	名 條紋花樣 類 縞柄
0560 ☐	じまん 【自慢】	名・他サ 自滿，自誇，自大，驕傲 類 誇る（ほこる）

0550
実は私が企てたことなのです。
▶ 老實說這是我一手策劃的事。

0551
彼女は、実力があるばかりか、やる気もあります。
▶ 她不只有實力，也很有幹勁。

0552
用がある時は、「失礼します」って言ってから入ってね。
▶ 有事情要進去那裡之前，必須先說聲「報告」，才能夠進去喔。

0553
入口は、自動ドアになっています。
▶ 入口是自動門。

0554
しばらく会社を休むつもりです。
▶ 我打算暫時向公司請假。

し

0555
地盤がゆるい。
▶ 地基鬆軟。

0556
私の見たかぎり、死亡者は一人もいませんでした。
▶ 就我所見，沒有任何人死亡。

0557
縞模様を描く。
▶ 織出條紋。

0558
縞柄のネクタイをつけている人が部長です。
▶ 繫著條紋領帶的人是經理。

0559
縞模様のシャツをたくさん持っています。
▶ 我有很多件條紋襯衫。

0560
彼の自慢の息子だけあって、とても優秀です。
▶ 果然是他引以為傲的兒子，非常的優秀。

0561 ☐	じみ 【地味】	形動 素氣，樸素，不華美；保守 反 派手 類 素朴（そぼく）
0562 ☐	しめい 【氏名】	名 姓與名，姓名
0563 ☐	しめきり 【締め切り】	名 （時間、期限等）截止，屆滿；封死，封閉；截斷，斷流 類 期限
0564 ☐	しゃ 【車】	名・接尾・漢造 車；（助數詞）車，輛，車廂
0565 ☐	しゃ 【者】	漢造 者，人；（特定的）事物，場所
0566 ☐	しゃ 【社】	名・漢造 公司，報社（的簡稱）；社會
0567 ☐	しやくしょ 【市役所】	名 市政府，市政廳
0568 ☐	ジャケット 【jacket】	名 外套，短上衣；唱片封面 類 上着 反 下着
0569 ☐	しゃしょう 【車掌】	名 車掌，列車員 類 乗務員（じょうむいん）
0570 ☐	ジャズ 【jazz】	名・自サ （樂）爵士音樂
0571 ☐	しゃっくり	名・自サ 打嗝

0561
この服は地味ながら、とてもセンスがいい。
▶ 儘管這件衣服樸素了點，但卻很有品味。

0562
氏名を詐称する。
▶ 謊報姓名。

0563
締め切りが近づいているにもかかわらず、全然やる気がしない。
▶ 儘管截止時間迫在眉梢，也是一點幹勁都沒有。

0564
電車に乗る。
▶ 搭電車。

0565
筆者に原稿を依頼する。
▶ 請作者寫稿。

し

0566
社員になる。
▶ 成為公司職員。

0567
市役所へ結婚届を出しに行きます。
▶ 我們要去市公所辦理結婚登記。

0568
暑いですから、ジャケットは要りません。
▶ 外面氣溫很高，不必穿外套。

0569
車掌が来たので、切符を見せなければならない。
▶ 車掌來了，得讓他看票根才行。

0570
叔父はジャズのレコードを収集している。
▶ 家叔的嗜好是收集爵士唱片。

0571
しゃっくりが出る。
▶ 打嗝。

0572 □	しゃもじ 【杓文字】	名 杓子，飯杓
0573 □	しゅ 【手】	漢造 手；親手；專家；有技藝或資格的人
0574 □	しゅ 【酒】	漢造 酒
0575 □	しゅう 【週】	名·漢造 星期；一圈
0576 □	しゅう 【州】	名 大陸，州
0577 □	しゅう 【集】	名·漢造 （詩歌等的）集；聚集
0578 □	じゅう 【重】	名·漢造 （文）重大；穩重；重要
0579 □	しゅうきょう 【宗教】	名 宗教
0580 □ T24	じゅうきょひ 【住居費】	名 住宅費，居住費
0581 □	しゅうしょく 【就職】	名·自サ 就職，就業，找到工作 類 勤め
0582 □	ジュース 【juice】	名 果汁，汁液，糖汁，肉汁

0572
しゃもじにご飯粒がたくさんついています。
▶ 飯匙上沾滿了飯粒。

0573
助手を呼んでくる。
▶ 請助手過來。

0574
葡萄酒を飲む。
▶ 喝葡萄酒。

0575
週に一回運動する。
▶ 每周運動一次。

0576
州の法律。
▶ 州的法律。

し

0577
作品を全集にまとめる。
▶ 把作品編輯成全集。

0578
重要な役割を担う。
▶ 擔任重要角色。

0579
この国の人々は、どんな宗教を信仰していますか。
▶ 這個國家的人，信仰的是什麼宗教？

0580
住居費はだいたい給料の三分の一ぐらいです。
▶ 住宿費用通常佔薪資的三分之一左右。

0581
就職したからには、一生懸命働きたい。
▶ 既然找到了工作，我就想要努力去做。

0582
ジュースを飲む。
▶ 喝果汁。

0583 □	じゅうたい 【渋滞】	名・自サ 停滞不前，進展不順利，不流通 反 はかどる 類 遅れる
0584 □	じゅうたん 【絨毯】	名 地毯 類 カーペット
0585 □	しゅうまつ 【週末】	名 週末
0586 □	じゅうよう 【重要】	名・形動 重要，要緊 類 大事
0587 □	しゅうり 【修理】	名・他サ 修理，修繕 類 修繕
0588 □	しゅうりだい 【修理代】	名 修理費
0589 □	じゅぎょうりょう 【授業料】	名 學費 類 学費
0590 □	しゅじゅつ 【手術】	名・他サ 手術 類 オペ
0591 □	しゅじん 【主人】	名 家長，一家之主；丈夫，外子；主人；東家，老闆，店主 類 あるじ
0592 □	しゅだん 【手段】	名 手段，方法，辦法 類 方法
0593 □	しゅつじょう 【出場】	名・自サ （參加比賽）上場，入場；出站，走出場 類 欠場（けつじょう）

0583
道が渋滞しているので、電車で行くしかありません。
▶ 因為路上塞車，所以只好搭電車去。

0584
居間にじゅうたんを敷こうと思います。
▶ 我打算在客廳鋪塊地毯。

0585
週末には一時間ほどのウォーキングをしています。
▶ 每逢週末就會去健走約莫一個小時。

0586
彼は若いながら、なかなか重要な仕事をしています。
▶ 雖說他很年輕，卻從事相當重要的工作。

0587
この家は修理が必要だ。
▶ 這個房子需要進行修繕。

し

0588
車の修理代に3万円かかりました。
▶ 花了三萬圓修理汽車。

0589
家庭教師は授業料が高い。
▶ 家教老師的授課費用很高。

0590
病気がわかった上は、きちんと手術して治します。
▶ 既然知道生病了，就要好好進行手術治療。

0591
主人は出張しております。
▶ 外子出差了。

0592
よく考えれば、手段がないというものでもありません。
▶ 仔細想想的話，也不是說沒有方法的。

0593
歌がうまくさえあれば、コンクールに出場できる。
▶ 只要歌唱得好，就可以參加比賽。

0594	しゅっしん 【出身】	名 出生（地），籍貫；出身；畢業於… 類 国籍
0595	しゅるい 【種類】	名 種類 類 ジャンル
0596	じゅんさ 【巡査】	名 警察，警官
0597	じゅんばん 【順番】	名 輪班（的次序），輪流，依次交替 類 順序
0598	しょ 【初】	漢造 初，始；首次，最初
0599	しょ 【所】	漢造 處所，地點；特定地
0600	しょ 【諸】	漢造 諸
0601	じょ 【女】	名・漢造 （文）女兒；女人，婦女
0602	じょ 【助】	漢造 幫助；協助
0603	しょう 【省】	名・漢造 省掉；（日本內閣的）省，部
0604	しょう 【商】	名・漢造 商，商業；商人；（數）商；商量

0594
東京出身といっても、育ったのは大阪です。
▶ 雖然我出生於東京，但卻是生長於大阪。

0595
病気の種類に応じて、飲む薬が違うのは当然だ。
▶ 依不同的疾病類型，服用的藥物當然也有所不同。

0596
巡査に逮捕される。
▶ 被警察逮捕。

0597
順番があるのもかまわず、彼は割り込んできた。
▶ 他不管排隊的先後順序，就這樣插隊進來了。

0598
彼とは初対面だ。
▶ 和他是初次見面。

し

0599
次の場所へ移動する。
▶ 移動到下一個地方。

0600
欧米諸国を旅行する。
▶ 旅行歐美各國。

0601
かわいい少女を見た。
▶ 看見一位可愛的少女。

0602
資金を援助する。
▶ 出資幫助。

0603
新しい省をつくる。
▶ 建立新省。

0604
商店を営む。
▶ 經營商店。

0605 □	しょう 【勝】	漢造 勝利；名勝
0606 □	じょう 【状】	名·漢造 （文）書面，信件；情形，狀況
0607 □	じょう 【場】	名·漢造 場，場所；場面
0608 □	じょう 【畳】	接尾·漢造 （計算草蓆、席墊）塊，疊；重疊
0609 □ T25	しょうがくせい 【小学生】	名 小學生
0610 □	じょうぎ 【定規】	名 （木工使用）尺，規尺；標準
0611 □	しょうきょくてき 【消極的】	形動 消極的
0612 □	しょうきん 【賞金】	名 賞金；獎金
0613 □	じょうけん 【条件】	名 條件；條文，條款 類 制約（せいやく）
0614 □	しょうご 【正午】	名 正午 類 昼
0615 □	じょうし 【上司】	名 上司，上級 反 部下 類 長官

0605
勝利を得た。
▶ 獲勝。

0606
現状を報告する。
▶ 報告現況。

0607
会場を片付ける。
▶ 整理會場。

0608
6畳の部屋。
▶ 六疊室。

0609
小学生になる。
▶ 上小學。

し

0610
定規で線を引く。
▶ 用尺畫線。

0611
消極的な態度をとる。
▶ 採取消極的態度。

0612
賞金をかせぐ。
▶ 賺取賞金。

0613
相談の上で、条件を決めましょう。
▶ 協商之後，再來決定條件吧。

0614
正午になったのをきっかけに、席を立った。
▶ 趁著中正，離開了座位。

0615
新しい上司に代わってから、仕事がきつく感じる。
▶ 自從新上司就任後，工作變得比以前更加繁重。

0616 □	しょうじき 【正直】	名·形動·副 正直，老實
0617 □	じょうじゅん 【上旬】	名 上旬 反 下旬 類 初旬
0618 □	しょうじょ 【少女】	名 少女，小姑娘 類 乙女（おとめ）
0619 □	しょうじょう 【症状】	名 症狀
0620 □	しょうすう 【小数】	名（數）小數
0621 □	しょうすう 【少数】	名 少數
0622 □	しょうすうてん 【小数点】	名 小數點
0623 □	しょうせつ 【小説】	名 小說 類 物語（ものがたり）
0624 □	じょうたい 【状態】	名 狀態，情況 類 状況
0625 □	じょうだん 【冗談】	名 戲言，笑話，詼諧，玩笑 類 ジョーク
0626 □	しょうとつ 【衝突】	名·自サ 撞，衝撞，碰上；矛盾，不一致；衝突 類 ぶつける

0616
正直な人。
▶ 正直的人。

0617
来月上旬に、日本へ行きます。
▶ 下個月的上旬，我要去日本。

0618
少女は走りかけて、ちょっと立ち止まりました。
▶ 少女跑到一半，就停了一下。

0619
病気の症状。
▶ 病情症狀。

0620
小数点以下は、四捨五入します。
▶ 小數點以下，要四捨五入。

0621
賛成者は少数だった。
▶ 少數贊成者。

0622
小数点以下は、書く必要はありません。
▶ 小數點以下的數字不必寫出來。

0623
先生がお書きになった小説を読みたいです。
▶ 我想看老師所寫的小說。

0624
彼は、そのことを知り得る状態にありました。
▶ 他現在已經能得知那件事了。

0625
その冗談は彼女に通じなかった。
▶ 她沒聽懂那個玩笑。

0626
車は、走り出したとたんに壁に衝突しました。
▶ 車子才剛發動，就撞上了牆壁。

し

0627 ☐	しょうねん 【少年】	名 少年 反 少女 類 青年
0628 ☐	しょうばい 【商売】	名・自サ 經商，買賣，生意；職業，行業 類 商い（あきない）
0629 ☐	しょうひ 【消費】	名・他サ 消費，耗費 反 貯金（ちょきん） 類 消耗（しょうもう）
0630 ☐	しょうひん 【商品】	名 商品，貨品
0631 ☐	じょうほう 【情報】	名 情報，信息 類 インフォメーション
0632 ☐	しょうぼうしょ 【消防署】	名 消防局，消防署
0633 ☐	しょうめい 【証明】	名・他サ 證明 類 証（あかし）
0634 ☐	しょうめん 【正面】	名 正面；對面；直接，面對面 反 背面（はいめん） 類 前方
0635 ☐	しょうりゃく 【省略】	名・副・他サ 省略，從略 類 省く（はぶく）
0636 ☐ T26	しようりょう 【使用料】	名 使用費
0637 ☐	しょく 【色】	漢造 顔色；臉色，容貌；色情；景象

0627
もう一度少年の頃に戻りたい。
▶ 我想再次回到年少時期。

0628
商売がうまくいかないからといって、酒ばかり飲んでいてはだめですよ。
▶ 不能說因為經商不順，就老酗酒呀！

0629
ガソリンの消費量が、増加ぎみです。
▶ 汽油的消耗量，有增加的趨勢。

0630
商品が揃う。
▶ 商品齊備。

0631
IT業界について、何か新しい情報はありますか。
▶ 關於IT產業，你有什麼新的情報？

0632
消防署に通報する。
▶ 通知消防局。

0633
身の潔白を証明する。
▶ 證明是清白之身。

0634
ビルの正面玄関に立っている人は誰ですか。
▶ 站在大樓正門前的是那位是誰？

0635
来賓向けの挨拶は、省略した。
▶ 我們省掉了跟來賓的致詞。

0636
ホテルで結婚式をすると、会場使用料はいくらぐらいですか。
▶ 請問若是在大飯店裡舉行婚宴，場地租用費大約是多少錢呢？

0637
顔色を失う。
▶ 花容失色。

0638 ☐	しょくご 【食後】	名 飯後，食後
0639 ☐	しょくじだい 【食事代】	名 餐費，飯錢 類 食費
0640 ☐	しょくぜん 【食前】	名 飯前
0641 ☐	しょくにん 【職人】	名 工匠 類 匠（たくみ）
0642 ☐	しょくひ 【食費】	名 伙食費，飯錢 類 食事代
0643 ☐	しょくりょう 【食料】	名 食品，食物；食費
0644 ☐	しょくりょう 【食糧】	名 食糧，糧食
0645 ☐	しょっきだな 【食器棚】	名 餐具櫃，碗廚
0646 ☐	ショック 【shock】	名 震動，刺激，打撃；（手術或注射後的）休克 動 打撃
0647 ☐	しょもつ 【書物】	名 （文）書，書籍，圖書
0648 ☐	じょゆう 【女優】	名 女演員 反 男優 類 女役者（おんなやくしゃ）

0638
お飲み物は食事と一緒ですか。食後ですか。
▶ 飲料跟餐點一起上，還是飯後送？

0639
今夜の食事代は会社の経費です。
▶ 今天晚上的餐費由公司的經費支應。

0640
粉薬は食前に飲んでください。
▶ 請在飯前服用藥粉。

0641
職人たちは、親方のもとで修業をします。
▶ 工匠們在師傅的身邊修行。

0642
日本では食費や家の値段が高くて、生活が大変です。
▶ 日本的飲食費用和房屋的價格太高了，居住生活很吃力。

し

0643
食料を配る。
▶ 分配食物。

0644
食糧を蓄える。
▶ 儲存糧食。

0645
引越ししたばかりで、食器棚は空っぽです。
▶ 由於才剛剛搬來，餐具櫃裡什麼都還沒擺。

0646
彼女はショックのあまり、言葉を失った。
▶ 她因為太過震驚而說不出話來。

0647
書物を読む。
▶ 閱讀書籍。

0648
その女優は、監督の命令どおりに演技した。
▶ 那個女演員依導演的指示演戲。

0649	しょるい 【書類】	名 文書，公文，文件 類 文書
0650	しらせ 【知らせ】	名 通知；預兆，前兆
0651	しり 【尻】	名 屁股，臀部；（移動物體的）後方，後面；末尾，最後；（長物的）末端 類 臀部（でんぶ）
0652	しりあい 【知り合い】	名 熟人，朋友 類 知人
0653	シルク 【silk】	名 絲，絲綢；生絲 類 織物
0654	しるし 【印】	名 記號，符號；象徵（物），標記；徽章；（心意的）表示；紀念（品）；商標 類 目印（めじるし）
0655	しろ 【白】	名 白，皎白，白色；清白
0656	しん 【新】	名・漢造 新；剛收穫的；新曆
0657	しんがく 【進学】	名・自サ 升學；進修學問 類 進む
0658	しんがくりつ 【進学率】	名 升學率
0659	しんかんせん 【新幹線】	名 日本鐵道新幹線

0649
書類はできたものの、まだ部長のサインをもらっていない。
▶ 雖然文件都準備好了，但還沒得到部長的簽名。

0650
知らせが来た。
▶ 通知送來了。

0651
ずっと座っていたら、おしりが痛くなった。
▶ 一直坐著，屁股就痛了起來。

0652
鈴木さんは、佐藤さんと知り合いだということです。
▶ 據說鈴木先生和佐藤先生似乎是熟人。

0653
シルクのドレスを買いたいです。
▶ 我想要買一件絲綢的洋裝。

0654
間違えないように、印をつけた。
▶ 為了避免搞錯而貼上了標籤。

0655
容疑者は白だった。
▶ 嫌疑犯是清白的。

0656
新旧交代の時期。
▶ 新舊交替時期。

0657
学費がなくて、高校進学でさえ難しかった。
▶ 籌不出學費，連上高中都是問題。

0658
あの高校は進学率が高い。
▶ 那所高中升學率很高。

0659
新幹線に乗る。
▶ 搭新幹線。

し

0660 □	しんごう 【信号】	名·自サ 信號，燈號；（鐵路、道路等的）號誌；暗號
0661 □	しんしつ 【寝室】	名 寢室 類 寝屋（ねや）
0662 □ T27	しんじる・しんずる 【信じる・信ずる】	他上一 信，相信；確信，深信；信賴，可靠；信仰 反 不信 類 信用する
0663 □	しんせい 【申請】	名·他サ 申請，聲請 類 申し出る（もうしでる）
0664 □	しんせん 【新鮮】	名·形動 （食物）新鮮；清新乾淨；新穎，全新 類 フレッシュ
0665 □	しんちょう 【身長】	名 身高 類 身の丈（みのたけ）
0666 □	しんぽ 【進歩】	名·自サ 進步 反 退步（たいほ） 類 向上
0667 □	しんや 【深夜】	名 深夜 類 夜更け（よふけ）
す 0668 □	す【酢】	名 醋 類 醤油
0669 □	すいてき 【水滴】	名 （文）水滴；（注水研墨用的）硯水壺
0670 □	すいとう 【水筒】	名 （旅行用）水筒，水壺

0660
信号が変わる。
▶ 燈號改變。

0661
この家は居間と寝室と食堂がある。
▶ 這個住家有客廳、臥房以及餐廳。

0662
これだけ説明されたら、信じざるをえない。
▶ 聽你這一番解說，我不得不相信你了。

0663
証明書を申請するたびに、用紙に書かなければなりません。
▶ 每次申請證明書時，都要填寫申請單。

0664
刺身といえば、やはり新鮮さが重要です。
▶ 說到生魚片，還是新鮮度最重要。

し

0665
あなたの身長は、バスケットボール向きですね。
▶ 你的身高還真是適合打籃球呀！

0666
科学の進歩のおかげで、生活が便利になった。
▶ 因為科學進步的關係，生活變方便多了。

0667
深夜どころか、翌朝まで仕事をしました。
▶ 豈止到深夜，我是工作到隔天早上。

0668
そんなに酢をたくさん入れるものではない。
▶ 不應該加那麼多醋。

0669
水滴が落ちた。
▶ 水滴落下來。

0670
水筒を持参する。
▶ 自備水壺。

0671 ☐	すいどうだい 【水道代】	名 自來水費 類 水道料金
0672 ☐	すいどうりょうきん 【水道料金】	名 自來水費 類 水道代
0673 ☐	すいはんき 【炊飯器】	名 電子鍋
0674 ☐	ずいひつ 【随筆】	名 隨筆，小品文，散文，雜文
0675 ☐	すうじ 【数字】	名 數字；各個數字
0676 ☐	スープ 【soup】	名 西餐的湯
0677 ☐	スカーフ 【scarf】	名 圍巾，披肩；領結 類 襟巻き（えりまき）
0678 ☐	スキー 【ski】	名 滑雪；滑雪橇，滑雪板
0679 ☐	すぎる 【過ぎる】	自上一 超過；過於；經過 類 経過する
0680 ☐	すくなくとも 【少なくとも】	副 至少，對低，最低限度 類 せめて
0681 ☐	すごい 【凄い】	形 可怕的，令人害怕的；意外的好，好的令人 吃驚，了不起；（俗）非常，厲害 類 甚だしい（はなはだしい）

0671
水道代は一月2000円ぐらいです。
▶ 水費每個月大約兩千圓左右。

0672
水道料金を支払いたいのですが。
▶ 我想要付自來水費……。

0673
この炊飯器はもう10年も使っています。
▶ 這個電鍋已經用了十年。

0674
随筆を書く。
▶ 寫散文。

0675
数字で示す。
▶ 用數字表示。

す

0676
スープを飲む。
▶ 喝湯。

0677
寒いので、スカーフをしていきましょう。
▶ 因為天寒，所以圍上圍巾後再出去吧！

0678
スキーに行く。
▶ 去滑雪。

0679
5時を過ぎたので、もううちに帰ります。
▶ 已經五點多了，我要回家了。

0680
休暇を取るとしたら、少なくとも三日前に言わなければなりません。
▶ 如果要請假，至少要在三天前說才行。

0681
すごい嵐になってしまいました。
▶ 它轉變成猛烈的暴風雨了。

0682 □	すこしも 【少しも】	副（下接否定）一點也不，絲毫也不 類 ちっとも
0683 □	すごす 【過ごす】	他五・接尾 度（日子、時間），過生活；過渡過量；放過，不管 類 暮らす（くらす）
0684 □	すすむ 【進む】	自五・接尾 進，前進；進步，先進；進展；升級，進級；升入，進入，到達；繼續下去 類 前進する
0685 □	すすめる 【進める】	他下一 使向前推進，使前進；推進，發展，開展；進行，舉行；提升，晉級；增進，使旺盛 類 前進させる
0686 □	すすめる 【勧める】	他下一 勸告，勸誘；勸，進（煙茶酒等） 類 促す（うながす）
0687 □ T28	すすめる 【薦める】	他下一 勸告，勸告，勸誘；勸，敬（煙、酒、茶、座等） 類 推薦する
0688 □	すそ 【裾】	名 下擺，下襟；山腳；（靠近頸部的）頭髮
0689 □	スター 【star】	名（影劇）明星，主角；星狀物，星
0690 □	スチュワーデス 【stewardess】	名 飛機上的女服務員；（客輪的）女服務員
0691 □	ずっと	副 更；一直 類 終始
0692 □	すっぱい 【酸っぱい】	形 酸，酸的

0682
お金なんか、少しも興味ないです。
▶ 金錢這東西，我一點都不感興趣。

0683
たとえ外国に住んでいても、お正月は日本で過ごしたいです。
▶ 就算是住在外國，新年還是想在日本過。

0684
行列はゆっくりと寺へ向かって進んだ。
▶ 隊伍緩慢地往寺廟前進。

0685
企業向けの宣伝を進めています。
▶ 我在推廣以企業為對象的宣傳。

0686
これは医者が勧める健康法の一つです。
▶ 這是醫師建議的保健法之一。

す

0687
彼はA大学の出身だから、A大学を薦めるわけだ。
▶ 他是從A大學畢業的，難怪會推薦A大學。

0688
ジーンズの裾を5センチほど短く直してください。
▶ 請將牛仔褲的褲腳改短五公分左右。

0689
スーパースターになる。
▶ 成為超級巨星。

0690
スチュワーデスを目指す。
▶ 想當空姐。

0691
ずっとほしかったギターをもらった。
▶ 收到夢寐以求的吉他。

0692
梅干しは酸っぱい。
▶ 酸梅很酸。

0693 □	ストーリー 【story】	⑧ 故事，小說；（小說、劇本等的）劇情，結構 ⑩ 物語
0694 □	ストッキング 【stocking】	⑧ 褲襪；長筒襪 ⑩ 靴下
0695 □	ストライプ 【strip】	⑧ 條紋；條紋布 ⑩ 縞模様
0696 □	ストレス 【stress】	⑧（語）重音；（理）壓力；（精神）緊張狀態 ⑩ 圧力、プレッシャー
0697 □	すなわち 【即ち】	⑱ 即，換言之；即是，正是；則，彼時；乃， 於是 ⑩ つまり
0698 □	スニーカー 【sneakers】	⑧ 球鞋，運動鞋 ⑩ 運動靴（うんどうぐつ）
0699 □	スピード 【speed】	⑧ 快速，迅速；速度 ⑩ 速さ
0700 □	ずひょう 【図表】	⑧ 圖表
0701 □	スポーツせんしゅ 【sports選手】	⑧ 運動選手 ⑩ アスリート
0702 □	スポーツちゅうけい 【スポーツ中継】	⑧ 體育（競賽）直播，轉播
0703 □	すます 【済ます】	⑩五·接尾 弄完，辦完；償還，還清；對付，將 就，湊合；（接在其他動詞連用形下面）表示 完全成為……

0693
☐
日本のアニメはストーリーがおもしろいと思います。
▶ 我覺得日本卡通的故事情節很有趣。

0694
☐
ストッキングをはいて出かけた。
▶ 我穿上褲襪便出門去了。

0695
☐
学校の制服はストライプ模様です。
▶ 學校制服上面印有條紋圖案。

0696
☐
ストレスと疲れがあいまって、寝込んでしまった。
▶ 壓力加上疲勞，竟病倒了。

0697
☐
1ポンド、すなわち100ペンス。
▶ 一磅也就是100便士。

0698
☐
運動会の前に、新しいスニーカーを買ってあげましょう。
▶ 在運動會之前，買雙新的運動鞋給你吧。

0699
☐
あまりスピードを出すと危ない。
▶ 速度太快了很危險。

0700
☐
図表にする。
▶ 製成圖表。

0701
☐
好きなスポーツ選手がいますか。
▶ 你有沒有喜歡的運動選手呢？

0702
☐
父と兄はスポーツ中継が大好きです。
▶ 爸爸和哥哥最喜歡看現場直播的運動比賽了。

0703
☐
犬の散歩かたがた、郵便局によって用事を済ました。
▶ 溜狗的同時，順道去郵局辦了事情。

す

0704 ☐	すませる【済ませる】	(他五・接尾) 弄完，辦完；償還，還清；將就，湊合 (類) 終える
0705 ☐	すまない	(連語) 對不起，抱歉；（做寒暄語）對不起
0706 ☐	すみません	(連語) 抱歉，不好意思
0707 ☐	すれちがう【擦れ違う】	(自五) 交錯，錯過去；不一致，不吻合，互相分歧；錯車
0708 ☐	せい【性】	(名・漢造) 性別；幸運；本性
0709 ☐	せいかく【性格】	(名) （人的）性格，性情；（事物的）性質，特性 (類) 人柄（ひとがら）
0710 ☐	せいかく【正確】	(名・形動) 正確，準確 (類) 正しい
0711 ☐	せいかつひ【生活費】	(名) 生活費
0712 ☐	せいき【世紀】	(名) 世紀，百代；時代，年代；百年一現，絕世 (類) 時代
0713 ☐ T29	ぜいきん【税金】	(名) 稅金，稅款 (類) 所得稅（しょとくぜい）
0714 ☐	せいけつ【清潔】	(名・形動) 乾淨的，清潔的；廉潔；純潔 (反) 不潔

せ

0704
もう手続きを済ませたから、ほっとしているわけだ。
▶ 因為手續都辦完了，怪不得這麼輕鬆。

0705
すまないと言ってくれた。
▶ 向我道了歉。

0706
お待たせしてすみません。
▶ 讓您久等，真是抱歉。

0707
彼女は濃いお化粧をしているから、擦れ違っても気がつかなかったわけだ。
▶ 她畫著濃妝，難怪算擦身而過，也沒發現到是她。

0708
性の区別なく。
▶ 不分性別。

す

0709
それぞれの性格に応じて、適した職場を与える。
▶ 依各人的個性，給予適合的工作環境。

0710
事実を正確に記録する。
▶ 事實正確記錄下來。

0711
毎月の生活費に20万円かかります。
▶ 每個月的生活費需花二十萬圓。

0712
20世紀初頭の日本について研究しています。
▶ 我正針對20世紀初的日本進行研究。

0713
税金の負担が重過ぎる。
▶ 稅金的負擔，實在是太重了。

0714
ホテルの部屋はとても清潔だった。
▶ 飯店的房間，非常的乾淨。

0715 □	せいこう 【成功】	(名・自サ) 成功，成就，勝利；功成名就，成功立業 (反) 失敗 (類) 達成（たっせい）
0716 □	せいさん 【生産】	(名・他サ) 生產，製造；創作（藝術品等）；生業，生計 (反) 消費 (類) 産出
0717 □	せいさん 【清算】	(名・他サ) 結算，清算；清理財產；結束，了結
0718 □	せいじか 【政治家】	(名) 政治家（多半指議員）
0719 □	せいしつ 【性質】	(名) 性格，性情；（事物）性質，特性 (類) たち
0720 □	せいじん 【成人】	(名・自サ) 成年人；成長，（長大）成人 (類) 大人（おとな）
0721 □	せいすう 【整数】	(名) （數）整數
0722 □	せいぜん 【生前】	(名) 生前 (反) 死後 (類) 死ぬ前
0723 □	せいちょう 【成長】	(名・自サ) （經濟、生產）成長，增長，發展；（人、動物）生長，發育 (類) 生い立ち（おいたち）
0724 □	せいねん 【青年】	(名) 青年，年輕人 (類) 若者
0725 □	せいねんがっぴ 【生年月日】	(名) 出生年月日，生日 (類) 誕生日

0715
まるで成功^{せいこう}したかのような大騒^{おおさわ}ぎだった。
▶ 簡直像是成功了一般狂歡大鬧。

0716
わが社^{しゃ}は、家具^{かぐ}の生産^{せいさん}をする一方^{いっぽう}で、販売^{はんばい}も行^{おこな}っています。
▶ 我們公司除了生產家具之外，也有販賣家具。

0717
10年^{ねん}かけてようやく借金^{しゃっきん}を清算^{せいさん}した。
▶ 花費了十年的時間，終於把債務給還清了。

0718
あなたはどの政治家^{せいじか}を支持^{しじ}していますか
▶ 請問您支持哪位政治家呢？

0719
磁石^{じしゃく}のプラスとマイナスは引^ひっ張^ばり合^あう性質^{せいしつ}があります。
▶ 磁鐵的正極和負極，具有相吸的特性。

せ

0720
成人^{せいじん}するまで、煙草^{たばこ}を吸^すってはいけません。
▶ 到長大成人之前，不可以抽煙。

0721
答^{こた}えは整数^{せいすう}だ。
▶ 答案為整數。

0722
祖父^{そふ}は生前^{せいぜん}よく釣^つりをしていました。
▶ 祖父在世時經常去釣魚。

0723
子^こどもの成長^{せいちょう}が、楽^{たの}しみでなりません。
▶ 孩子們的成長，真叫人期待。

0724
彼^{かれ}は、なかなか感^{かん}じのよい青年^{せいねん}だ。
▶ 他是個令人覺得相當年輕有為的青年。

0725
書類^{しょるい}には、生年月日^{せいねんがっぴ}を書^かくことになっていた。
▶ 文件上規定要填上出生年月日。

0726	せいのう 【性能】	名 性能，機能，效能
0727	せいひん 【製品】	名 製品，產品 類 商品
0728	せいふく 【制服】	名 制服 類 ユニホーム
0729	せいぶつ 【生物】	名 生物 類 生き物
0730	せいり 【整理】	名·他サ 整理，收拾，整頓；清理，處理；捨棄，淘汰，裁減 類 整頓（せいとん）
0731	せき 【席】	名·漢造 席，坐墊；席位，坐位
0732	せきにん 【責任】	名 責任，職責 類 責務
0733	せけん 【世間】	名 世上，社會上；世人；社會輿論；（交際活動的）範圍 類 世の中
0734	せっきょくてき 【積極的】	形動 積極的 反 消極的 類 前向き（まえむき）
0735	ぜったい 【絶対】	名·副 絕對，無與倫比；堅絕，斷然，一定 反 相対 類 絶対的
0736	セット 【set】	名·他サ 一組，一套；舞台裝置，布景；（網球等）盤，局；組裝，裝配；梳整頭髮 類 揃い（そろい）

0726
性能が悪い。
▶ 性能不好。

0727
この材料では、製品の品質は保証しかねます。
▶ 如果是這種材料的話，恕難以保證產品的品質。

0728
制服を着るだに、身が引き締まる思いがする。
▶ 一穿上制服，就使人精神抖擻。

0729
湖の中には、どんな生物がいますか。
▶ 湖裡有什麼生物？

0730
今、整理をしかけたところなので、まだ片付いていません。
▶ 現在才整理到一半，還沒完全整理好。

0731
席を譲る。
▶ 讓座。

0732
責任者のくせに、逃げるつもりですか。
▶ 明明你就是負責人，還想要逃跑嗎？

0733
世間の人に恥ずかしいようなことをするものではない。
▶ 不要對別人做出一些可恥的事來。

0734
とにかく積極的に仕事をすることですね。
▶ 總而言之，就是要積極地工作是吧。

0735
この本、読んでごらん、絶対におもしろいよ。
▶ 建議你看這本書，一定很有趣喔。

0736
この茶碗を一セットください。
▶ 請給我一組這種碗。

0737 □	せつやく 【節約】	名·他サ 節約，節省 反 浪費 類 倹約（けんやく）
0738 □ T30	せともの 【瀬戸物】	名 陶瓷品
0739 □	ぜひ 【是非】	名·副 務必；好與壞 類 どうしても
0740 □	せわ 【世話】	名·他サ 援助，幫助；介紹，推薦；照顧，照料；俗語，常言 類 面倒見（めんどうみ）
0741 □	せん 【戦】	漢造 戰爭；決勝負，體育比賽；發抖
0742 □	ぜん 【全】	漢造 全部，完全；整個；完整無缺
0743 □	ぜん 【前】	漢造 前方，前面；（時間）早；預先；從前
0744 □	せんきょ 【選挙】	名·他サ 選舉，推選
0745 □	せんざい 【洗剤】	名 洗滌劑，洗衣粉（精） 類 洗浄剤（せんじょうざい）
0746 □	せんじつ 【先日】	名 前天；前些日子 類 この間
0747 □	ぜんじつ 【前日】	名 前一天

0737
節約しているのに、お金がなくなる一方だ。
▶ 我已經很省了，但是錢卻越來越少。

0738
瀬戸物を収集する。
▶ 收集陶瓷器。

0739
あなたの作品をぜひ読ませてください。
▶ 請務必讓我拜讀您的作品。

0740
ありがたいことに、母が子どもたちの世話をしてくれます。
▶ 慶幸的是，媽媽會幫我照顧小孩。

0741
選挙の激戦区。
▶ 選舉中競爭最激烈的地區。

0742
全世界。
▶ 全世界。

0743
前首相。
▶ 前首相。

0744
選挙の際には、応援をよろしくお願いします。
▶ 選舉的時候，就請拜託您的支持了。

0745
洗剤なんか使わなくても、きれいに落ちます。
▶ 就算不用什麼洗衣精，也能將污垢去除得乾乾淨淨。

0746
先日、駅で偶然田中さんに会った。
▶ 前些日子，偶然在車站遇到了田中小姐。

0747
入学式の前日、緊張して眠れませんでした。
▶ 在參加入學典禮的前一天，我緊張得睡不著覺。

0748 ☐	せんたくき 【洗濯機】	名 洗衣機
0749 ☐	センチ 【centimeter】	名 厘米，公分
0750 ☐	せんでん 【宣伝】	名·自他サ 宣傳，廣告；吹噓，鼓吹，誇大其詞 類 広告（こうこく）
0751 ☐	ぜんはん 【前半】	名 前半，前半部
0752 ☐	せんぷうき 【扇風機】	名 風扇，電扇
0753 ☐	せんめんじょ 【洗面所】	名 化妝室，廁所 類 手洗い
0754 ☐	せんもんがっこう 【専門学校】	名 專科學校
そ 0755 ☐	そう 【総】	漢造 總括；總覽；總，全體；全部
0756 ☐	そうじき 【掃除機】	名 除塵機，吸塵器
0757 ☐	そうぞう 【想像】	名·他サ 想像 類 イマジネーション
0758 ☐	そうちょう 【早朝】	名 早晨，清晨

0748
このセーターは洗濯機で洗えますか。
▶ 這件毛線衣可以用洗衣機洗嗎？

0749
1センチ右にずれる。
▶ 往右偏離了一公分。

0750
あなたの会社を宣伝するかわりに、うちの商品を買ってください。
▶ 我幫貴公司宣傳，相對地，請購買我們的商品。

0751
私のチームは前半に5点も得点しました。
▶ 我們這隊在上半場已經奪得高達五分了。

0752
扇風機を止める。
▶ 關上電扇。

せ

0753
彼女の家は洗面所にもお花が飾ってあります。
▶ 她家的洗臉台上也裝飾著鮮花。

0754
高校を出て専門学校に行く学生が多くなった。
▶ 在高中畢業後，進入專科學校就讀的學生越來越多了。

0755
総員50名だ。
▶ 總共有五十人。

0756
毎日掃除機をかけますか。
▶ 每天都用吸塵器清掃嗎？

0757
そんなひどい状況は、想像し得ない。
▶ 那種慘狀，真叫人無法想像。

0758
早朝に勉強するのが好きです。
▶ 我喜歡在早晨讀書。

0759	ぞうり 【草履】	⟨名⟩ 草履，草鞋
0760	そうりょう 【送料】	⟨名⟩ 郵費，運費 ⟨類⟩ 送り賃（おくりちん）
0761	ソース 【sauce】	⟨名⟩ （西餐用）調味汁
0762	そく 【足】	⟨接尾・漢造⟩（助數詞）雙；足；足夠；添
0763	そくたつ 【速達】	⟨名・自他サ⟩ 快速信件
0764	そくど 【速度】	⟨名⟩ 速度 ⟨類⟩ スピード
0765	そこ 【底】	⟨名⟩ 底，底子；最低處，限度；底層，深處；邊際，極限
0766	そこで T31	⟨接續⟩ 因此，所以；（轉換話題時）那麼，下面，於是 ⟨類⟩ それで
0767	そだつ 【育つ】	⟨自五⟩ 成長，長大，發育 ⟨類⟩ 成長する
0768	ソックス 【socks】	⟨名⟩ 短襪
0769	そっくり	⟨形動・副⟩ 一模一樣，極其相似；全部，完全，原封不動 ⟨類⟩ 似る（にる）

0759
草履を履く。
▶ 穿草鞋。

0760
送料が1000円以下になるように、工夫してください。
▶ 請設法將運費壓到1000日圓以下。

0761
我が家にいながら、プロが作ったソースが楽しめる。
▶ 就算待在自己的家裡，也能享用到行家調製的醬料。

0762
靴下を二足買った。
▶ 買了兩雙襪子。

0763
速達で出せば、間に合わないこともないだろう。
▶ 寄快遞的話，就不會趕不上吧！

0764
狭い道で、車の速度を上げるものではない。
▶ 不應該在狹窄的車道上開快車。

0765
海の底までもぐったら、きれいな魚がいた。
▶ 我潛到海底，看見了美麗的魚兒。

0766
そこで、私は思い切って意見を言いました。
▶ 於是，我就直接了當地說出了我的看法。

0767
子どもたちは、元気に育っています。
▶ 孩子們健康地成長著。

0768
外で遊んだら、ソックスまで砂まみれになった。
▶ 外面玩瘋了，連襪上也全都沾滿泥沙。

0769
彼ら親子は、似ているというより、もうそっくりなんですよ。
▶ 他們母子，與其說是像，倒不如說是長得一模一樣了。

0770	そっと	副 悄悄地，安靜的；輕輕的；偷偷地；照原樣不動的 類 静かに
0771	そで 【袖】	名 衣袖；（桌子）兩側抽屜，（大門）兩側的廳房，舞台的兩側，飛機（兩翼） 類 スリーブ
0772	そのうえ 【その上】	接 又，而且，加之，兼之
0773	そのうち 【その内】	副·連語 最近，過幾天，不久；其中
0774	そば 【蕎麦】	名 蕎麥；蕎麥麵
0775	ソファー 【sofa】	名 沙發（亦可唸作「ソファ」）
0776	そぼく 【素朴】	名·形動 樸素，純樸，質樸；（思想）純樸
0777	それぞれ	副 每個（人），分別，各自 類 おのおの
0778	それで	接 因此；後來 類 それゆえ
0779	それとも	接 或著，還是 類 もしくは
0780	そろう 【揃う】	自五 （成套的東西）備齊；成套；一致，（全部）一樣，整齊；（人）到齊，齊聚 類 整う（ととのう）

0770
しばらくそっと見守ることにしました。
▶ 我決定暫時先在靜悄悄地看守著他。

0771
半袖と長袖と、どちらがいいですか。
▶ 要長袖還是短袖？

0772
質がいい。その上値段も安い。
▶ 不只品質佳，而且價錢便宜。

0773
兄はその内帰ってくるから、暫く待ってください。
▶ 我哥哥就快要回來了，請稍等一下。

0774
蕎麦を植える。
▶ 種植蕎麥。

0775
ソファーに座る。
▶ 坐在沙發上。

0776
素朴な考え方。
▶ 單純的想法。

0777
同じテーマをもとに、それぞれの作家が小説を書いた。
▶ 各個不同的作家都在同一個主題下寫了小說。

0778
それで、いつまでに終わりますか。
▶ 那麼，什麼時候結束呢？

0779
女か、それとも男か。
▶ 是女的還是男的。

0780
クラス全員が揃いっこありませんよ。
▶ 不可能全班都到齊的啦！

そ

0781	そろえる【揃える】	他下一 使…備齊；使…一致；湊齊，弄齊，使成對 類 整える（ととのえる）
0782	そんけい【尊敬】	名・他サ 尊敬
0783	たい【対】	名・漢造 對比，對方；同等，對等；相對，相向；（比賽）比；面對
0784	だい【代】	名・漢造 代，輩；一生，一世；代價
0785	だい【第】	漢造 順序；考試及格，錄取
0786	だい【題】	名・自サ・漢造 題目，標題；問題；題辭
0787	たいがく【退学】	名・自サ 退學
0788	だいがくいん【大学院】	名 （大學的）研究所
0789	だいく【大工】	名 木匠，木工 類 匠（たくみ）
0790	たいくつ【退屈】	名・自サ・形動 無聊，鬱悶，寂，厭倦 類 つまらない
0791	たいじゅう【体重】	名 體重

た

0781
必要なものを揃えてからでなければ、出発できません。
▶ 如果沒有準備齊必需品，就沒有辦法出發。

0782
両親を尊敬する。
▶ 尊敬雙親。

0783
1対1で引き分けです。
▶ 一比一平手。

0784
代がかわる。
▶ 世代交替。

0785
第1番。
▶ 第一號。

0786
作品に題をつける。
▶ 給作品題上名。

0787
退学してからというもの、仕事も探さず毎日ぶらぶらしている。
▶ 自從退學以後，連工作也不找，成天遊手好閒。

0788
来年、大学院に行くつもりです。
▶ 我計畫明年進研究所唸書。

0789
大工が家を建てている。
▶ 木工在蓋房子。

0790
やることがなくて、どんなに退屈したことか。
▶ 無事可做，是多麼的無聊啊！

0791
たくさん食べていたら、体重は減りっこないですよ。
▶ 如果吃太多東西，體重是絕對不可能下降的。

0792 T32	たいしょく 【退職】	名・自サ 退職
0793	だいたい 【大体】	副 大部分；大致；大概 類 おおよそ
0794	たいど 【態度】	名 態度，表現；舉止，神情，作風 類 素振り（そぶり）
0795	タイトル 【title】	名 （文章的）題目，（著述的）標題；稱號，職稱 類 題名（だいめい）
0796	ダイニング 【dining】	名 吃飯，用餐；餐廳（ダイニングルーム之略）；西式餐館
0797	だいひょう 【代表】	名・他サ 代表
0798	タイプ 【type】	名・他サ 型，形式，類型；典型，榜樣，樣本，標本；（印）鉛字，活字；打字（機） 類 型式（かたしき）；タイプライター
0799	だいぶ 【大分】	名・形動 很，頗，相當，相當地，非常 類 ずいぶん
0800	だいめい 【題名】	名 （圖書、詩文、戲劇、電影等的）標題，題名 類 題（だい）
0801	ダイヤ 【diagram 之略】	名 列車時刻表；圖表，圖解
0802	ダイヤ（モンド） 【diamond】	名 鑽石

0792
退職して、時間を持て余しているといったところです。
▶ 退休後可說是無所事事。

0793
練習して、この曲はだいたい弾けるようになった。
▶ 練習以後，大致會彈這首曲子了。

0794
君の態度には、先生でさえ怒っていたよ。
▶ 對於你的態度，就算是老師也感到很生氣喔。

0795
全文を読むまでもなく、タイトルを見れば内容がだいたい分かる。
▶ 不需讀完全文，只要看標題即可瞭解大致內容。

0796
広いダイニングですので、10人ぐらい来ても大丈夫ですよ。
▶ 家裡的餐廳很大，就算來了十位左右的客人也沒有問題。

0797
パーティーを始めるにあたって、皆を代表して乾杯の音頭をとった。
▶ 派對要開始時，我帶頭向大家乾杯。

0798
私はこのタイプのパソコンにします。
▶ 我要這種款式的電腦。

0799
だいぶ元気になりましたから、もう薬を飲まなくてもいいです。
▶ 已經好很多了，所以不吃藥也沒關係的。

0800
その歌の題名を知っていますか。
▶ 你知道那首歌的歌名嗎？

0801
大雪でダイヤが混乱した。
▶ 交通因大雪而陷入混亂。

0802
ダイヤモンドを買う。
▶ 買鑽石。

0803 ☐	たいよう 【太陽】	名 太陽 反 太陰（たいいん） 類 お日さま
0804 ☐	たいりょく 【体力】	名 體力
0805 ☐	ダウン 【down】	名・自他サ 下，倒下，向下，落下；下降，減退；（棒）出局；（拳撃）撃倒 反 アップ 類 下げる
0806 ☐	たえず 【絶えず】	副 不斷地，經常地，不停地，連續 類 いつも
0807 ☐	たおす 【倒す】	他五 倒，放倒，推倒，翻倒；推翻，打倒；毀壞，拆毀；打敗，撃敗；殺死，撃斃；賴帳，不還債 類 打倒する（だとうする）；転ばす（ころばす）
0808 ☐	タオル 【towel】	名 毛巾；毛巾布
0809 ☐	たがい 【互い】	名・形動 互相，彼此；雙方；彼此相同 類 双方（そうほう）
0810 ☐	たかまる 【高まる】	自五 高漲，提高，增長；興奮 反 低まる（ひくまる） 類 高くなる
0811 ☐	たかめる 【高める】	他下一 提高，抬高，加高 反 低める 類 高くする
0812 ☐	たく 【炊く】	他五 點火，燒著；燃燒；煮飯，燒菜 類 炊事（すいじ）
0813 ☐	だく 【抱く】	他五 抱；孵卵；心懷，懷抱 類 抱える（かかえる）

0803
太陽が高くなるにつれて、暑くなった。
▶ 隨著太陽升起，天氣變得更熱了。

0804
いつまで働くかは、私の体力いかんだ。
▶ 能工作到什麼時候，就看我的體力了。

0805
あのパンチにもう少しでダウンさせられるところだった。
▶ 差點就被對方以那拳擊倒在地了。

0806
絶えず勉強しないことには、新しい技術に追いつけない。
▶ 如不持續學習，就沒有辦法趕上最新技術。

0807
木を倒す。
▶ 砍倒樹木。

た

0808
タオルを洗う。
▶ 洗毛巾。

0809
けんかばかりしていても、互いに嫌っているわけでもない。
▶ 就算老是吵架，但也並不代表彼此互相討厭。

0810
首相の辞任を求める声が日に日に高まっている。
▶ 要求首相辭職下台的聲浪日漸高漲。

0811
発電所の安全性を高めるべきだ。
▶ 有必要加強發電廠的安全性。

0812
ご飯は炊いてあったっけ。
▶ 煮飯了嗎？

0813
赤ちゃんを抱いている人は誰ですか。
▶ 那位抱著小嬰兒的是誰？

0814 ☐	タクシーだい 【taxi代】	⑧ 計程車費 ⑱ タクシー料金
0815 ☐	タクシーりょうきん 【taxi料金】	⑧ 計程車費 ⑱ タクシー代
0816 ☐	たくはいびん 【宅配便】	⑧ 宅急便
0817 ☐	たける 【炊ける】	⑲下一 燒成飯，做成飯
0818 ☐	たしか 【確か】	⑪（過去的事不太記得）大概，也許 ⑱ 間違いなく
0819 ☐	たしかめる 【確かめる】	⑩下一 查明，確認，弄清 ⑱ 確認する（かくにんする）
0820 ☐	たしざん 【足し算】	⑧ 加法，加算 ㊉ 引き算（ひきざん） ⑱ 加法（かほう）
0821 ☐	たすかる 【助かる】	⑲五 得救，脫險；有幫助，輕鬆；節省（時間、費用、麻煩等）
0822 ☐	たすける 【助ける】	⑩下一 幫助，援助；救，救助；輔佐；救濟，資助 ⑱ 救助する（きゅうじょする）、手伝う（てつだう）
0823 ☐	ただ	⑧·⑪ 免費，不要錢；普通，平凡；只有，只是（促音化為「たった」） ⑱ 僅か（わずか）
0824 ☐	ただいま	⑧·⑪ 現在；馬上；剛才；（招呼語）我回來了 ⑱ 現在；すぐ

0814
来月からタクシー代が上がります。
▶ 從下個月起，計程車的車資要漲價。

0815
来月からタクシー料金が値上げになるそうです。
▶ 據說從下個月開始，搭乘計程車的費用要漲價了。

0816
明日の朝、宅配便が届くはずです。
▶ 明天早上應該會收到宅配包裏。

0817
ご飯が炊けたので、夕食にしましょう。
▶ 飯已經煮熟了，我們來吃晚餐吧。

0818
このセーターは確か1000円でした。
▶ 這件毛衣大概是花一千日圓吧。

0819
彼に証明してもらって、事実を確かめることができました。
▶ 因為有他的證明，所以真相才能大白。

0820
ここは引き算ではなくて、足し算ですよ。
▶ 這時候不能用減法，要用加法喔。

0821
乗客は全員助かりました。
▶ 乘客全都得救了。

0822
おぼれかかった人を助ける。
▶ 救起了差點溺水的人。

0823
会員カードがあれば、ただで入場できます。
▶ 如果持有會員卡，就能夠免費入場。

0824
ただいまお茶をお出しいたします。
▶ 我馬上就端茶過來。

た

0825 □	たたく 【叩く】	他五 敲，叩；打；詢問，徵求；拍，鼓掌；攻擊，駁斥；花完，用光 類 打つ（うつ）
0826 □	たたむ 【畳む】	他五 疊，折；關，闔上；關閉，結束；藏在心裡 類 折る（おる）
0827 □	たつ 【経つ】	自五 經，過；（炭火等）燒盡 類 過ぎる
0828 □	たつ 【建つ】	自五 蓋，建 類 建設する（けんせつする）
0829 □	たつ 【発つ】	自五 立，站；冒，升；離開；出發；奮起；飛，飛走 類 出発する
0830 □	たてなが 【縦長】	名 矩形，長形
0831 □	たてる 【立てる】	他下一 立起；訂立
0832 □	たてる 【建てる】	他下一 建造，蓋 類 建築する（けんちくする）
0833 □	たな 【棚】	名 （放置東西的）隔板，架子，棚
0834 □	たのしみ 【楽しみ】	名 期待，快樂 反 苦しみ 類 趣味
0835 □	たのみ 【頼み】	名 懇求，請求，拜託；信賴，依靠 類 願い

0825
太鼓をたたく。
▶ 敲打大鼓。

0826
布団を畳む。
▶ 折棉被。

0827
あと20年たったら月に行けるようになるかもしれない。
▶ 或許再過二十年，我們就可以去月球了。

0828
新居が建つ。
▶ 蓋新屋。

0829
9時の列車で発つ。
▶ 坐九點的火車離開。

0830
縦長の封筒。
▶ 長方形的信封。

0831
自分で勉強の計画を立てることになっています。
▶ 要我自己訂定讀書計畫。

0832
こんな家を建てたいと思います。
▶ 我想蓋這樣的房子。

0833
棚に置く。
▶ 放在架子上。

0834
みんなに会えることを楽しみにしています。
▶ 我很期待與大家見面！

0835
父は、私の頼みを聞いてくれっこない。
▶ 父親是不可能聽我的要求的。

0836 ☐	たま 【球】	名 球
0837 ☐	だます 【騙す】	動 騙，欺騙，誆騙，矇騙；哄 類 欺く（あざむく）
0838 ☐	たまる 【溜まる】	自五 事情積壓；積存，囤積，停滯 類 集まる
0839 ☐	だまる 【黙る】	自五 沉默，不說話；不理，不聞不問 反 喋る 類 沈黙する（ちんもくする）
0840 ☐	ためる 【溜める】	他下一 積，存，蓄；積壓，停滯 類 蓄える（たくわえる）
0841 ☐ T34	たん 【短】	名・漢造 短；不足，缺點
0842 ☐	だん 【団】	漢造 團，圓團；團體
0843 ☐	だん 【弾】	漢造 砲彈
0844 ☐	たんきだいがく 【短期大学】	名 （兩年或三年制的）短期大學
0845 ☐	ダンサー 【dancer】	名 舞者；舞女；舞蹈家 類 踊り子
0846 ☐	たんじょう 【誕生】	名・自サ 誕生，出生；成立，創立，創辦 類 出生

0836
球を打つ。
▶ 打球。

0837
人を騙して金をとる。
▶ 騙取他人錢財。

0838
最近、ストレスが溜まっている。
▶ 最近累積了不少壓力。

0839
正しい理論を言われたら、私は黙るほかない。
▶ 對你這義正辭嚴的一番話，我只能無言以對。

0840
記念切手を溜めています。
▶ 我在收集紀念郵票。

た

0841
飽きっぽいのが短所です。
▶ 容易厭倦是短處。

0842
記者団。
▶ 記者團。

0843
弾丸のように速い。
▶ 如彈丸一般地快。

0844
姉は短期大学で勉強しています。
▶ 姊姊在短期大學裡就讀。

0845
由香ちゃんはダンサーを目指しているそうです。
▶ 小由香似乎想要成為一位舞者。

0846
子どもが誕生したのを契機に、煙草をやめた。
▶ 趁孩子出生戒了煙。

0847 □	たんす	㈎ 衣櫥，衣櫃，五斗櫃 類 押入れ
0848 □	たんだい 【短大】	㈎ 短期大學
0849 □	だんたい 【団体】	㈎ 團體，集體 類 集団
0850 □	チーズ 【cheese】	㈎ 起司，乳酪
0851 □	チーム 【team】	㈎ 組，團隊；（體育）隊 類 組（くみ）
0852 □	チェック 【check】	名・他サ 支票；號碼牌；格子花紋；核對，打勾 類 見比べる
0853 □	ちか 【地下】	㈎ 地下；陰間；（政府或組織）地下，秘密 （組織） 反 地上 類 地中
0854 □	ちがい 【違い】	㈎ 不同，差別，區別；差錯，錯誤 反 同じ 類 歪み（ひずみ）
0855 □	ちかづく 【近づく】	自五 臨近，靠近；接近，交往；幾乎，近似 類 近寄る
0856 □	ちかづける 【近付ける】	他五 使…接近，使…靠近 類 寄せる
0857 □	ちかみち 【近道】	㈎ 捷徑，近路 類 抜け道（ぬけみち） 反 回り道

ち

0847
服をたたんで、たんすにしまった。
▶ 折完衣服後收入衣櫃裡。

0848
姉は短大で看護を学んでいます。
▶ 家姉正在短期大學裡主修看護。

0849
レストランに団体で予約を入れた。
▶ 我用團體的名義預約了餐廳。

0850
チーズを買う。
▶ 買起司。

0851
チームに入るに際して、自己紹介をしてください。
▶ 在加入團隊時，請先自我介紹。

た

0852
メールをチェックします。
▶ 檢查郵件。

0853
ワインは、地下に貯蔵してあります。
▶ 葡萄酒儲藏在地下室。

0854
値段に違いがあるにしても、価値は同じです。
▶ 就算價錢有差，它們倆的價值還是一樣的。

0855
彼は、政界の大物に近づきたくてならないのだ。
▶ 他非常想接近政界的大人物。

0856
この薬品は、火を近づけると引火するので、注意してください。
▶ 這藥只要接近火就會燃起來，所以要小心。

0857
近道を知っていたら教えてほしい。
▶ 如果知道近路請告訴我。

0858	ちきゅう 【地球】	名 地球 類 世界
0859	ちく 【地区】	名 地區
0860	チケット 【ticket】	名 票，券；車票；入場券；機票 類 切符
0861	チケットだい 【ticket代】	名 票錢 類 切符代
0862	ちこく 【遅刻】	名・自サ 遲到，晚到 類 遅れる
0863	ちしき 【知識】	名 知識 類 学識
0864	ちぢめる 【縮める】	他下一 縮小，縮短，縮減；縮回，捲縮，起皺紋 類 圧縮（あっしゅく）
0865	チップ 【chip】	名 （削木所留下的）片削；洋芋片
0866	ちほう 【地方】	名 地方，地區；（相對首都與大城市而言的）地方，外地 反 都会 類 田舎
0867	ちゃ 【茶】	名・漢造 茶；茶樹；茶葉；茶水
0868	チャイム 【chime】	名 組鐘；門鈴

T35

0858
地球環境に貢献したい。
ちきゅうかんきょう こうけん
▶ 我想對地球環境有貢獻。

0859
東北地区で生産された。
とうほくちく せいさん
▶ 產自東北地區。

0860
パリ行きのチケットを予約しました。
ゆ よやく
▶ 我已經預約了前往巴黎的機票。

0861
事前に予約しておくと、チケット代が10％引きになります。
じ ぜん よやく だい パーセント び
▶ 如果採用預約的方式，票券就可以打九折。

0862
電話がかかってきたせいで、会社に遅刻した。
でん わ かいしゃ ちこく
▶ 都是因為有人打電話來，所以上班遲到了。

0863
知識が増えるに伴って、いろいろなことが理解できるようになりました。
ち しき ふ ともな り かい
▶ 隨著知識的增長，能夠理解的事情也愈來愈多。

0864
この亀はいきなり首を縮めます。
かめ くび ちぢ
▶ 這隻烏龜突然縮回脖子。

0865
ポテトチップを食べる。
た
▶ 吃洋芋片。

0866
私は東北地方の出身です。
わたし とうほくち ほう しゅっしん
▶ 我的籍貫是東北地區。

0867
茶をいれる。
ちゃ
▶ 泡茶。

0868
チャイムが鳴ったので玄関に行ったが、誰もいませんでした。
な げんかん い だれ
▶ 聽到門鈴響後，前往玄關察看，門口卻沒有任何人。

0869 □	ちゃいろい 【茶色い】	形 茶色
0870 □	ちゃく 【着】	名・接尾・漢造 到達，抵達；（計算衣服的單位）套；（記數順序或到達順序）著，名；穿衣；黏貼；沉著；著手 類 着陸
0871 □	ちゅうがく 【中学】	名 中學，初中 類 高校
0872 □	ちゅうかなべ 【中華なべ】	名 中華鍋（炒菜用的中式淺底鍋） 類 なべ
0873 □	ちゅうこうねん 【中高年】	名 中年和老年，中老年
0874 □	ちゅうじゅん 【中旬】	名 （一個月中的）中旬 類 中頃
0875 □	ちゅうしん 【中心】	名 中心，當中；中心，重點，焦點；中心地，中心人物 反 隅 類 真ん中
0876 □	ちゅうねん 【中年】	名 中年 類 壮年
0877 □	ちゅうもく 【注目】	名・他サ・自サ 注目，注視 類 注意
0878 □	ちゅうもん 【注文】	名・他サ 點餐，訂貨，訂購；希望，要求，願望 類 頼む
0879 □	ちょう 【庁】	漢造 官署；行政機關的外局

0869
茶色い紙。
▶ 茶色紙張。

0870
二着で銀メダルを獲得した。
▶ 第二名獲得銀牌。

0871
中学になってから塾に通いはじめた。
▶ 上了國中就開始到補習班補習。

0872
中華なべはフライパンより重いです。
▶ 傳統的炒菜鍋比平底鍋還重。

0873
あの女優は中高年に人気だそうです。
▶ 那位女演員似乎頗受中高年齡層觀眾的喜愛。

ち

0874
彼が帰ってくるのは6月の中旬にしても、7月までは忙しいだろう。
▶ 就算他回來是6月中旬，但也應該會忙到7月吧。

0875
Aを中心とする円を描きなさい。
▶ 請以A為中心畫一個圓圈。

0876
もう中年だから、あまり無理はできない。
▶ 已經是中年人了，不能太過勉強。

0877
とても才能のある人なので、注目せざるをえない。
▶ 他很有才能，因此無法不被注目。

0878
さんざん迷ったあげく、カレーライスを注文しました。
▶ 再三地猶豫之後，最後竟點了個咖哩飯。

0879
官庁に勤める。
▶ 在政府機關工作。

0880 ☐	ちょう 【兆】	名・漢造 徵兆；（數）兆
0881 ☐	ちょう 【町】	名・漢造 （市街區劃單位）街，巷；鎮，街
0882 ☐	ちょう 【長】	名・漢造 長，首領；長輩；長處
0883 ☐	ちょう 【帳】	漢造 帳幕；帳本
0884 ☐	ちょうかん 【朝刊】	名 早報
0885 ☐	ちょうさ 【調査】	名・他サ 調查 類 調べる
0886 ☐	ちょうし 【調子】	名 （音樂）調子，音調；語調，聲調，口氣；格調，風格；情況，狀況 類 具合
0887 ☐	ちょうじょ 【長女】	名 長女，大女兒
0888 ☐	ちょうせん 【挑戰】	名・自サ 挑戰 類 挑む
0889 ☐	ちょうなん 【長男】	名 長子，大兒子
0890 ☐	ちょうりし 【調理師】	名 烹調師，廚師

ち

0880
日本の国家予算は 80 兆円だ。
▶ 日本的國家預算有 80 兆日圓。

0881
町長に選出された。
▶ 當上了鎮長。

0882
一家の長。
▶ 一家之主。

0883
銀行の預金通帳。
▶ 銀行存款簿。

0884
朝刊を読む。
▶ 讀早報。

0885
人口の変動について、調査することになっている。
▶ 按規定要針對人口的變動進行調查。

0886
年のせいか、体の調子が悪い。
▶ 不知道是不是上了年紀的關係，身體健康亮起紅燈了。

0887
長女が生まれる。
▶ 長女出生。

0888
弁護士試験は、私にとっては大きな挑戦です。
▶ 對我而言，參加律師資格考試是項艱鉅的挑戰。

0889
長男が生まれる。
▶ 長男出生。

0890
彼は調理師の免許を持っています。
▶ 他具有廚師執照。

0891 □	チョーク 【chalk】	名 粉筆
0892 □	ちょきん 【貯金】	名・自他サ 存款，儲蓄 類 蓄える
0893 □	ちょくご 【直後】	名・副 （時間，距離）緊接著，剛…之後，…之後不久 反 直前
0894 □ T36	ちょくせつ 【直接】	名・副・自サ 直接 反 間接 類 直に
0895 □	ちょくぜん 【直前】	名 即將…之前，眼看就要…的時候；（時間，距離）之前，跟前，眼前 反 直後 類 寸前（すんぜん）
0896 □	ちらす 【散らす】	他五・接尾 把…分散開，驅散；吹散，灑散；散佈，傳播；消腫
0897 □	ちりょう 【治療】	名・他サ 治療，醫療，醫治
0898 □	ちりょうだい 【治療代】	名 治療費，診察費 類 医療費
0899 □	ちる 【散る】	自五 凋謝，散漫，落；離散，分散；遍佈；消腫；渙散 反 集まる 類 分散
0900 □	つい	副 （表時間與距離）相隔不遠，就在眼前；不知不覺，無意中；不由得，不禁 類 うっかり
0901 □	ついに 【遂に】	副 終於；竟然；直到最後 類 とうとう

0891
チョークで黒板に書く。
▶ 用粉筆在黑板上寫字。

0892
毎月決まった額を貯金する。
▶ 每個月都定額存錢。

0893
運動はできません。退院した直後だもの。
▶ 人家不能運動，因為才剛出院嘛！

0894
関係者が直接話し合ったことから、事件の真相がはっきりした。
▶ 經過相關人物面對面對盤後，案件得以真相大白。

0895
テストの直前にしても、全然休まないのは体に悪いと思います。
▶ 就算是考試前夕，我還是認為完全不休息對身體是不好的。

ち

0896
ご飯の上に、ごまやのりが散らしてあります。
▶ 白米飯上，灑著芝麻和海苔。

0897
検査結果いかんで、今後の治療方針が決まる。
▶ 根據檢查結果決定往後的治療方式。

0898
歯の治療代は非常に高いです。
▶ 治療牙齒的費用非常昂貴。

0899
桜が散って、このへんは花びらだらけです。
▶ 櫻花飄落，這一帶便落滿了花瓣。

0900
ついうっかりして傘を間違えてしまった。
▶ 不小心拿錯了傘。

0901
橋の建設はついに完成した。
▶ 造橋終於完成了。

0902 □	つう 【通】	(名・形動・接尾・漢造) 精通，內行，專家；通曉人情世故，通情達理；暢通；（助數詞）封，件，紙；穿過；往返；告知；貫徹始終 (類) 物知り
0903 □	つうきん 【通勤】	(名・自サ) 通勤，上下班 (類) 通う
0904 □	つうじる 【通じる】	(自上一・他上一) 通；通到，通往；通曉，精通；明白，理解；使…通；在整個期間內 (類) 通用する
0905 □	つうやく 【通訳】	(名・他サ) 口頭翻譯，口譯；翻譯者，譯員 (類) 通弁（つうべん）
0906 □	つかまる 【捕まる】	(自五) 抓住，被捉住，逮捕；抓緊，揪住 (類) 捕（ら）えられる
0907 □	つかむ 【掴む】	(他五) 抓，抓住，揪住，握住；掌握到，瞭解到 (類) 握る（にぎる）
0908 □	つかれ 【疲れ】	(名) 疲勞，疲乏，疲倦 (類) 疲労（ひろう）
0909 □	つき 【付き】	(接尾) （前接某些名詞）樣子；附屬
0910 □	つきあう 【付き合う】	(自五) 交際，往來；陪伴，奉陪，應酬 (類) 交際する（こうさいする）
0911 □	つきあたり 【突き当たり】	(名) （道路的）盡頭
0912 □	つぎつぎ 【次々】	(副) 一個接一個，接二連三地，絡繹不絕的，紛紛；按著順序，依次 (類) 続いて

0902
彼は日本通だ。
▶ 他是個日本通。

0903
会社まで、バスと電車で通勤するほかない。
▶ 上班只能搭公車和電車。

0904
日本では、英語が通じますか。
▶ 在日本英語能通嗎？

0905
あの人はしゃべるのが速いので、通訳しきれなかった。
▶ 因為那個人講很快，所以沒辦法全部翻譯出來。

0906
彼は、悪いことをたくさんしたあげく、とうとう警察に捕まった。
▶ 他做了許多壞事，最後終於被警察抓到了。

つ

0907
誰にも頼らないで、自分で成功をつかむほかない。
▶ 不依賴任何人，只能靠自己去掌握成功。

0908
マッサージをすればするほど、疲れが取れます。
▶ 按摩越久就越能解除疲勞。

0909
デザート付きの定食。
▶ 附甜點的套餐。

0910
隣近所と親しく付き合う。
▶ 敦親睦鄰。

0911
廊下の突き当たり。
▶ 走廊的盡頭。

0912
そんなに次々問題が起こるわけはない。
▶ 不可能會這麼接二連三地發生問題的。

0913	つぎつぎに【次々に】	剾 接二連三；絡繹不絕；相繼；按次序，依次 類 次から次へと
0914	つく【付く】	自五 附著，沾上；長，添增；跟隨；隨從，聽隨；偏坦；設有；連接著 類 接着する（せっちゃくする）、くっつく
0915	つける【点ける・附ける】	他下一 點燃；打開（家電類） 類 スイッチを入れる；点す（ともす）
0916	つける【付ける・附ける・着ける】	他下一・接尾 掛上，裝上；穿上，配戴；寫上，記上；定（價），出（價）；抹上，塗上
0917	つたえる【伝える】	他下一 傳達，轉告；傳導 類 知らせる
0918	つづき【続き】	名 接續，繼續；接續部分，下文；接連不斷
0919	つづく【続く】	自五 續績，延續，連續；接連發生，接連不斷；隨後發生，接著；連著，通到，與…接連；接得上，夠用；後繼，跟上；次於，居次位　反 絶える（たえる）
0920	つづける【続ける】	接尾 （接在動詞連用形後，複合語用法）繼續…，不斷地…
0921	つつむ【包む】	他五 包裹，打包，包上；蒙蔽，遮蔽，籠罩；藏在心中，隱瞞；包圍 類 覆う（おおう）
0922	つながる【繋がる】	自五 相連，連接，聯繫；（人）排隊，排列；有（血緣、親屬）關係，牽連 類 結び付く（むすびつく）
0923	つなぐ【繋ぐ】	他五 拴結，繫；連起，接上；延續，維繫（生命等） 類 接続（せつぞく）、結び付ける（むすびつける）

T37

0913
友人がつぎつぎに結婚していきます。
▶ 朋友們一個接著一個結婚了。

0914
飯粒が付く。
▶ 沾到飯粒。

0915
クーラーをつけるより、窓を開けるほうがいいでしょう。
▶ 與其開冷氣，不如打開窗戶來得好吧！

0916
値段をつける。
▶ 定價。

0917
私が忙しいということを、彼に伝えてください。
▶ 請轉告他我很忙。

0918
読めば読むほど、続きが読みたくなります。
▶ 越看下去，就越想繼續看下面的發展。

0919
晴天が続く。
▶ 持續著幾天的晴天。

0920
上手になるには、練習し続けるほかはない。
▶ 技巧要好，就只能不斷地練習。

0921
プレゼント用に包んでください。
▶ 請包裝成送禮用的。

0922
電話がようやく繋がった。
▶ 電話終於通了。

0923
テレビとビデオを繋いで録画した。
▶ 我將電視和錄影機接上來錄影。

つ

0924 ☐	つなげる 【繋げる】	他五 連接，維繫 類 繋ぐ（つなぐ）
0925 ☐	つぶす 【潰す】	他五 毀壞，弄碎；熔毀，熔化；消磨，消耗； 宰殺；堵死，填滿 類 壞す（こわす）
0926 ☐	つまさき 【爪先】	名 腳指甲尖端 反 かかと 類 指先（ゆびさき）
0927 ☐	つまり	名·副 阻塞，困窘；到頭，盡頭；總之，說到 底；也就是說，即… 類 すなわち、要するに（ようするに）
0928 ☐	つまる 【詰まる】	自五 擠滿，塞滿；堵塞，不通；窘困，窘迫； 縮短，緊小；停頓，擱淺 類 通じなくなる（つうじなくなる）；縮まる（ちぢまる）
0929 ☐	つむ 【積む】	自五·他五 累積，堆積；裝載；積蓄，積累 反 崩す（くずす） 類 重ねる（かさねる）、載せる（のせる）
0930 ☐	つめ 【爪】	名 （人的）指甲，腳指甲；（動物的）爪；指 尖；（用具的）鉤子 類 指甲（しこう）
0931 ☐	つめる 【詰める】	他下一·自下一 守候，值勤；不停的工作，緊張； 塞進，裝入；緊挨著，緊靠著 類 押し込む（おしこむ）
0932 ☐	つもり	名 打算；當作 類 意図（いと）
0933 ☐	つもる 【積もる】	自五·他五 積，堆積；累積；估計；計算；推測 類 重なる（かさなる）
0934 ☐	つゆ 【梅雨】	名 梅雨；梅雨季 類 梅雨（ばいう）

0924
インターネットは、世界の人々を繋げる。
▶ 網路將這世上的人接繫了起來。

0925
会社を潰さないように、一生懸命がんばっている。
▶ 為了不讓公司倒閉而拼命努力。

0926
つま先で立つことができますか。
▶ 你能夠只以腳尖站立嗎？

0927
彼は私の父の兄の息子、つまりいとこに当たります。
▶ 他是我爸爸的哥哥的兒子，也就是我的堂哥。

0928
食べ物がのどに詰まって、せきが出た。
▶ 因食物卡在喉嚨裡而咳嗽。

つ

0929
荷物をトラックに積んだ。
▶ 我將貨物裝到卡車上。

0930
爪をきれいに見せたいなら、これを使ってください。
▶ 想讓指甲好看，就用這個吧。

0931
スーツケースに服や本を詰めた。
▶ 我將衣服和書塞進行李箱。

0932
父には、そう説明するつもりです。
▶ 打算跟父親那樣說明。

0933
雪が積もる。
▶ 積雪。

0934
梅雨が明けました。
▶ 梅雨季結束了。

0935 □	つよまる 【強まる】	自五 強起來，加強，增強 類 強くなる
0936 □	つよめる 【強める】	他下一 加強，增強 類 強くする
0937 □	で	接續・助 那麼；（表示原因）所以
0938 □	であう 【出会う】	自五 遇見，碰見，偶遇；約會，幽會；（顏色等）協調，相稱 類 行き会う（いきあう）、出くわす（でくわす）
0939 □	てい 【低】	名・漢造 （位置）低；（價格等）低；變低
0940 □	ていあん 【提案】	名・他サ 提案，建議 類 発案（はつあん）
0941 □	ティーシャツ 【T-shirt】	名 圓領衫，T恤
0942 □	DVDデッキ 【DVD tape deck】	名 DVD播放機 類 ビデオデッキ
0943 □	DVDドライブ 【DVD drive】	名 （電腦用的）DVD機
0944 □ T38	ていき 【定期】	名 定期，一定的期限
0945 □	ていきけん 【定期券】	名 定期車票；月票 類 定期乗車券（ていきじょうしゃけん）

0935
台風が近づくにつれ、徐々に雨足が強まってきた。
▶ 隨著颱風的暴風範圍逼近，雨勢亦逐漸增強。

0936
秩序がこれほど乱れれば、規制を強めずにはすまないだろう。
▶ 秩序混亂到這種地步，看來得要加強限制了。

0937
台風で学校が休みだ。
▶ 因為颱風所以學校放假。

0938
二人は、最初どこで出会ったのですか。
▶ 兩人最初是在哪裡相遇的？

0939
低温で殺菌する。
▶ 低溫殺菌。

つ

0940
この計画を、会議で提案しようじゃないか。
▶ 就在會議中提出這企畫吧！

0941
休みの日はだいたいTシャツを着ています。
▶ 我在假日多半穿著T恤。

0942
DVDデッキが壊れてしまいました。
▶ DVD播映機已經壞了。

0943
このDVDドライブは取り外すことができます。
▶ 這台DVD磁碟機可以拆下來。

0944
定期点検を行う。
▶ 舉行定期檢查。

0945
電車の定期券を買いました。
▶ 我買了電車的月票。

0946	ディスプレイ【display】	名 陳列，展覽，顯示；（電腦的）顯示器 類 陳列（ちんれつ）
0947	ていでん【停電】	名·自サ 停電，停止供電
0948	ていりゅうじょ【停留所】	名 公車站；電車站
0949	データ【data】	名 論據，論證的事實；材料，資料；數據 類 資料（しりょう）、情報（じょうほう）
0950	デート【date】	名·自サ 日期，年月日；約會，幽會
0951	テープ【tape】	名 窄帶，線帶，布帶；卷尺；錄音帶
0952	テーマ【theme】	名 （作品的）中心思想，主題；（論文、演說的）題目，課題 類 主題（しゅだい）
0953	てき【的】	接尾·形動 （前接名詞）關於，對於；表示狀態或性質
0954	できごと【出来事】	名 （偶發的）事件，變故 類 事故（じこ）、事件（じけん）
0955	てきとう【適当】	名·形動·自サ 適當；適度；隨便 類 相応（そうおう）；いい加減（いいかげん）
0956	できる	自上一 完成；能夠 類 でき上がる（できあがる）

0946
使わなくなったディスプレイはリサイクルに出します。
▶ 不再使用的顯示器要送去回收。

0947
停電というと、ろうそくの火を思い出す。
▶ 一說到停電，就會想到燭光。

0948
バスの停留所で待つ。
▶ 在公車站等車。

0949
景気の回復は様々な分析やデータを見るまでもなく、日常生活で実感できる。
▶ 即使不看有關景氣復甦之各項分析與數據，從日常生活當中就可以深切體會到。

0950
私とデートする。
▶ 跟我約會。

て

0951
テープに録音する。
▶ 在錄音帶上錄音。

0952
論文のテーマについて、説明してください。
▶ 請說明一下這篇論文的主題。

0953
悲劇的な生涯。
▶ 悲劇的一生。

0954
その日は大した出来事もなかった。
▶ 那天也沒發生什麼大事故。

0955
適当にやっておくから、大丈夫。
▶ 我會妥當處理的，沒關係！

0956
1週間でできるはずだ。
▶ 一星期應該就可以完成的。

0957	てくび 【手首】	名 手腕 類 腕首（うでくび）
0958	デザート 【dessert】	名 西餐餐後點心
0959	デザイナー 【designer】	名（服裝、建築等）設計師，圖案家
0960	デザイン 【design】	名・自他サ 設計（圖）；（製作）圖案 類 設計（せっけい）
0961	デジカメ 【digital camera】	名 數位相機 類 デジタルカメラ
0962	デジタル 【digital】	名 數位的，數字的，計量的 反 アナログ
0963	てすうりょう 【手数料】	名 手續費；回扣 類 コミッション
0964	てちょう 【手帳】	名 筆記本，雜記本 類 ノート
0965	てっこう 【鉄鋼】	名 鋼鐵
0966	てってい 【徹底】	名・自サ 徹底；傳遍，普遍，落實
0967	てつや 【徹夜】	名・自サ 通宵，熬夜 類 夜通し（よどおし）

0957
手首を怪我した以上、試合には出られません。
▶ 既然我的手腕受傷，就沒辦法出場比賽。

0958
お腹いっぱいでも、デザートはいただきます。
▶ 就算肚子已經很撐了，我還是要吃甜點喔！

0959
わが社ではアシスタントデザイナーを募集しています。
▶ 本公司正在招募助理設計師。

0960
デザインのすばらしさと独創性に賞賛を禁じえない。
▶ 這項設計的無懈可擊與獨創風格贏得多方讚譽。

0961
小型のデジカメを買いたいです。
▶ 我想要買一台小型數位相機。

0962
最新のデジタル製品にはついていけません。
▶ 我實在不會使用最新的數位電子製品。

0963
ネット銀行から振り込むと、手数料はかかりませんよ。
▶ 假如從網路銀行匯款，就不需要付手續費喔。

0964
母子手帳。
▶ 母子健康手冊。

0965
鉄鋼業が盛んだ。
▶ 鋼鐵業興盛。

0966
命令を徹底する。
▶ 落實命令。

0967
仕事を引き受けた以上、徹夜をしても完成します。
▶ 既然接下了工作，就算熬夜也要將它完成。

て

0968 ☐	てのこう 【手の甲】	名 手背 反 掌（てのひら）
0969 T39 ☐	てのひら 【手の平・掌】	名 手掌 反 手の甲（てのこう）
0970 ☐	テレビばんぐみ 【television番組】	名 電視節目
0971 ☐	てん 【点】	名 點；方面；（得）分 類 ポイント
0972 ☐	でんきスタンド 【電気stand】	名 檯燈
0973 ☐	でんきだい 【電気代】	名 電費 類 電気料金（でんきりょうきん）
0974 ☐	でんきゅう 【電球】	名 電燈泡
0975 ☐	でんきりょうきん 【電気料金】	名 電費 類 電気代（でんきだい）
0976 ☐	でんごん 【伝言】	名・自他サ 傳話，口信；帶口信 類 お知らせ（おしらせ）
0977 ☐	でんしゃだい 【電車代】	名 （坐）電車費用 類 電車賃（でんしゃちん）
0978 ☐	でんしゃちん 【電車賃】	名 （坐）電車費用 類 電車代（でんしゃだい）

0968
蚊に手の甲をかまれました。
▶ 我的手背被蚊子叮了。

0969
赤ちゃんの手の平はもみじのように小さくかわいい。
▶ 小嬰兒的手掌如同楓葉般小巧可愛。

0970
兄はテレビ番組を制作する会社に勤めています。
▶ 家兄在電視節目製作公司上班。

0971
その点について、説明してあげよう。
▶ 關於那一點，我來為你說明吧！

0972
本を読むときは電気スタンドを点けなさい。
▶ 你在看書時要把檯燈打開。

て

0973
冷房をつけると、電気代が高くなります。
▶ 開了冷氣，電費就會增加。

0974
電球が切れてしまった。
▶ 電燈泡壞了。

0975
電気料金は年々値上がりしています。
▶ 電費年年上漲。

0976
何か伝言があれば私から部長にお伝えいたします。
▶ 如果需要留言，可由我代為向經理轉達。

0977
通勤にかかる電車代は会社が払ってくれます。
▶ 上下班的電車費是由公司支付的。

0978
ここから東京駅までの電車賃は250円です。
▶ 從這裡搭到東京車站的電車費是二百五十日圓。

0979 □	てんじょう 【天井】	名 天花板
0980 □	でんしレンジ 【電子range】	名 電子微波爐
0981 □	てんすう 【点数】	名 （評分的）分數
0982 □	でんたく 【電卓】	名 電子計算機
0983 □	でんち 【電池】	名 （理）電池 類 バッテリー
0984 □	テント 【tent】	名 帳篷
0985 □	でんわだい 【電話代】	名 電話費
0986 □	ど 【度】	名・漢造 尺度；程度；溫度；次數，回數；規則，規定；氣量，氣度 類 程度（ていど）；回数（かいすう）
0987 □	とう 【等】	接尾 等等；（助數詞用法，計算階級或順位的單位）等（級） 類 など
0988 □	とう 【頭】	接尾 （牛、馬等）頭
0989 □	どう 【同】	名 同樣，同等；（和上面的）相同

と

0979
天井の高いホール。
▶ 天花板很高的大廳。

0980
肉まんは電子レンジで温めて食べたほうがいいですよ。
▶ 肉包子最好先用微波爐熱過以後再吃喔。

0981
点数を計算する。
▶ 計算點數。

0982
電卓で計算する。
▶ 用計算機計算。

0983
太陽電池時計は、電池交換は必要ですか。
▶ 使用太陽能電池的時鐘，需要更換電池嗎？

0984
テントを張る。
▶ 搭帳篷。

0985
国際電話をかけたので、今月の電話代はいつもの倍でした。
▶ 由於我打了國際電話，這個月的電話費變成了往常的兩倍。

0986
明日の気温は、今日より５度ぐらい高いでしょう。
▶ 明天的天氣大概會比今天高個五度。

0987
イギリス、フランス、ドイツ等のEU諸国はここです。
▶ 英、法、德等歐盟各國的位置在這裡。

0988
牛一頭。
▶ 一隻牛。

0989
同社。
▶ 該公司。

て

0990 ☐	とうさん 【倒産】	名·自サ 破產，倒閉 類 破産（はさん）、潰れる（つぶれる）
0991 ☐	どうしても	副 （後接否定）怎麼也，無論怎樣也；務必，一定，無論如何也要 類 絶対に（ぜったいに）、ぜひとも
0992 ☐	どうじに 【同時に】	連語 同時，一次；馬上，立刻 類 一度に（いちどに）
0993 ☐	とうぜん 【当然】	形動·副 當然，理所當然
0994 ☐ T40	どうちょう 【道庁】	名 「北海道庁」的略稱，北海道的地方政府 類 北海道庁（ほっかいどうちょう）
0995 ☐	とうよう 【東洋】	名 （地）亞洲；東洋，東方（亞洲東部和東南部的總稱） 反 西洋（せいよう）
0996 ☐	どうろ 【道路】	名 道路 類 道（みち）
0997 ☐	とおす 【通す】	他五·接尾 穿通，貫穿；滲透，透過；連續，貫徹；（把客人）讓到裡邊；一直，連續，…到底 類 突き抜けさせる（つきぬけさせる）；導く（みちびく）
0998 ☐	トースター 【toaster】	名 烤麵包機
0999 ☐	とおり 【通り】	名 種類；套，組
1000 ☐	とおり 【通り】	名 大街，馬路；通行，流通

0990
合併か倒産かは、社長の判断いかんだ。
▶ 公司將與其他公司合併，或是宣布倒閉，完全存乎社長的決斷。

0991
どうしても行きたいです。
▶ 無論如何我都要去。

0992
ドアを開けると同時に、電話が鳴りました。
▶ 就在我開門的同一時刻，電話響了。

0993
スキャンダルだらけですから、与党の支持率が低下するのも当然です。
▶ 執政黨的醜聞層出不窮，支持率會下滑也是理所當然的。

0994
道庁は札幌市にあります。
▶ 北海道道廳（地方政府）位於札幌市。

0995
東洋文化には、西洋文化とは違う良さがある。
▶ 東洋文化有著和西洋文化不一樣的優點。

0996
お盆や年末年始は、高速道路が混んで当たり前になっています。
▶ 盂蘭盆節（相當於中元節）和年末年初時，高速公路壅塞是家常便飯的事。

0997
彼は、自分の意見を最後まで通す人だ。
▶ 他是個貫徹自己的主張的人。

0998
トースターで焼き芋を温めました。
▶ 以烤箱加熱了烤蕃薯。

0999
やり方は三通りある。
▶ 作法有三種方法。

1000
広い通りに出る。
▶ 走到大馬路。

1001 □	とおりこす 【通り越す】	自五 通過，越過
1002 □	とおる 【通る】	自五 經過；穿過；合格 類 通行（つうこう）
1003 □	とかす 【溶かす】	他五 溶解，化開，溶入
1004 □	どきどき	副・自サ （心臟）撲通撲通地跳，七上八下
1005 □	ドキュメンタリー 【documentary】	名 紀錄，紀實；紀錄片
1006 □	とく 【特】	漢造 特，特別，與眾不同
1007 □	とく 【得】	名・形動 利益；便宜
1008 □	とく 【溶く】	他五 溶解，化開，溶入 類 溶かす（とかす）
1009 □	とく 【解く】	他五 解開；拆開（衣服）；消除，解除（禁令、條約等）；解答 反 結ぶ（むすぶ） 類 解く（ほどく）
1010 □	とくい 【得意】	名・形動 （店家的）主顧；得意，滿意；自滿，得意洋洋；拿手 反 失意（しつい） 類 有頂天（うちょうてん）
1011 □	どくしょ 【読書】	名・自サ 讀書 類 閲読（えつどく）

1001
バス停を通り越す。
▶ 錯過了下車的公車站牌。

1002
私は、あなたの家の前を通ることがあります。
▶ 我有時會經過你家前面。

1003
薬を水に完全に溶かしてからでないと、飲んではいけません。
▶ 如果藥沒有完全溶解於開水中，就不能飲用。

1004
心臓がどきどきする。
▶ 心臟撲通撲通地跳。

1005
この監督はドキュメンタリー映画を何本も制作しています。
▶ 這位導演已經製作了非常多部紀錄片。

と

1006
特異体質。
▶ 特殊體質。

1007
まとめて買うと得だ。
▶ 一次買更划算。

1008
この薬は、お湯に溶いて飲んでください。
▶ 這服藥請用熱開水沖泡開後再服用。

1009
緊張して、問題を解くどころではなかった。
▶ 緊張得要命，哪裡還能答題啊！

1010
人付き合いが得意です。
▶ 我善於跟人交際。

1011
読書が好きだからといって、一日中読んでいたら体に悪いよ。
▶ 即使說是喜歡閱讀，但整天看書對身體是不好的呀！

1012 □	どくしん 【独身】	㊌ 單身
1013 □	とくちょう 【特徴】	㊌ 特徵，特點 ㊀ 特色（とくしょく）
1014 □	とくべつきゅうこう 【特別急行】	㊌ 特別快車，特快車 ㊀ 特急（とっきゅう）
1015 □	とける 【溶ける】	㊉ 溶解，融化 ㊀ 溶解（ようかい）
1016 □	とける 【解ける】	㊉ 解開，鬆開（綁著的東西）；消，解消 （怒氣等）；解除（職責、契約等）；解開 （疑問等）㊀ 解ける（ほどける）
1017 □	どこか	㊋ 哪裡是，豈止，非但
1018 □	ところどころ 【所々】	㊌ 處處，各處，到處都是 ㊀ あちこち
1019 □	とし 【都市】	㊌ 都市，城市 ㊂ 田舎（いなか） ㊀ 都会（とかい）
1020 □ T41	としうえ 【年上】	㊌ 年長，年歲大（的人） ㊂ 年下（としした） ㊀ 目上（めうえ）
1021 □	としょ 【図書】	㊌ 圖書
1022 □	とじょう 【途上】	㊌ （文）路上；中途

1012
独身の生活。
▶ 單身生活。

1013
彼女は、特徴のある髪型をしている。
▶ 她留著一個很有特色的髮型。

1014
「特急」は特別急行の略称ですよ。
▶「特急」是特快車的簡稱唷。

1015
この物質は、水に溶けません。
▶ 這個物質不溶於水。

1016
靴ひもが解ける。
▶ 鞋帶鬆開。

1017
どこか暖かい国へ行きたい。
▶ 想去暖活的國家。

1018
所々に間違いがあるにしても、だいたいよく書けています。
▶ 雖說有些地方錯了，但是整體上寫得不錯。

1019
今後の都市政策のあり方について説明いたします。
▶ 對於往後的都市政策，請讓我來說明。

1020
落ち着いているので、年上かと思いました。
▶ 由於他的個性穩重，還以為年紀比我大。

1021
図書館で勉強する。
▶ 在圖書館唸書。

1022
通学の途上、祖母に会った。
▶ 去學校的途中遇到奶奶。

と

1023 ☐	としより 【年寄り】	名 老人；（史）重臣，家老；（史）村長；（史）女管家；（相撲）退休的力士，顧問 反 若者（わかもの） 類 老人（ろうじん）
1024 ☐	とじる 【閉じる】	（自他上一）閉，關閉；結束 類 閉める（しめる）
1025 ☐	とちょう 【都庁】	名 東京都政府（「東京都庁」之略）
1026 ☐	とっきゅう 【特急】	名 火速；特急列車（「特別急行」之略） 類 大急ぎ（おおいそぎ）
1027 ☐	とつぜん 【突然】	副 突然
1028 ☐	トップ 【top】	名 尖端；（接力賽）第一棒；領頭，率先；第一位，首位，首席 類 一番（いちばん）
1029 ☐	とどく 【届く】	自五 及，達到；（送東西）到達；周到；達到（希望） 類 着く（つく）
1030 ☐	とどける 【届ける】	他下一 送達；送交；報告
1031 ☐	どの 【殿】	接尾 （前接姓名等）表示尊重
1032 ☐	とばす 【飛ばす】	他五・接尾 使…飛，使飛起；（風等）吹起，吹跑；飛濺，濺起 類 飛散させる
1033 ☐	とぶ 【跳ぶ】	自五 跳，跳起；跳過（順序、號碼等）

1023
年寄りは黙って楽しく暮らしていこう。
▶ 老人家就睜一隻眼閉一隻眼，快樂地過生活吧！

1024
ドアが自動的に閉じた。
▶ 門自動關上了。

1025
都庁は何階建てですか
▶ 請問東京都政府是幾層樓建築呢？

1026
特急で行こうと思う。
▶ 我想搭特急列車前往。

1027
突然怒り出す。
▶ 突然生氣。

と

1028
成績がトップになれるものなら、なってみろよ。
▶ 要是你能考第一名，你就考給我看看啊！

1029
お手紙が昨日届きました。
▶ 信昨天收到了。

1030
忘れ物を届ける。
▶ 燈號改變。

1031
校長殿。
▶ 校長先生。

1032
バイクをそんなに飛ばしたら危ないよ。
▶ 摩托車飆那麼快是很危險的！

1033
飛箱を跳ぶ。
▶ 跳過跳箱。

1034 ☐	ドライブ 【drive】	(名・自サ) 開車遊玩；兜風
1035 ☐	ドライヤー 【dryer・drier】	(名) 乾燥機，吹風機
1036 ☐	トラック 【track】	(名) （操場、運動場、賽馬場的）跑道
1037 ☐	ドラマ 【drama】	(名) 劇；戲劇；劇本；戲劇文學；（轉）戲劇性的事件 (類) 芝居（しばい）
1038 ☐	トランプ 【trump】	(名) 撲克牌
1039 ☐	どりょく 【努力】	(名・自サ) 努力 (類) 頑張る（がんばる）
1040 ☐	トレーニング 【training】	(名・他サ) 訓練，練習 (類) 練習（れんしゅう）
1041 ☐	ドレッシング 【dressing】	(名) 服裝，裝飾；調味料，醬汁 (類) ソース、調味料（ちょうみりょう）
1042 ☐	トン 【ton】	(名) （重量單位）噸，公噸，一千公斤
1043 ☐	どんなに	(副) 怎樣，多麼，如何；無論如何…也 (類) どれほど
1044 ☐	どんぶり 【丼】	(名) 大碗公；大碗蓋飯 (類) 茶碗（ちゃわん）

1034
☐
ドライブに出かける。
▶ 開車出去兜風。

1035
☐
すみません、ドライヤーを貸してください。
▶ 不好意思，麻煩借用吹風機。

1036
☐
競技用トラック。
▶ 比賽用的跑道。

1037
☐
今は、時代劇と言わずに、「大河ドラマ」と言うようになったのです。
▶ 現在不叫古裝劇，改叫「大河劇」了。

1038
☐
トランプを切る。
▶ 洗牌。

1039
☐
努力が実った。
▶ 努力而取得成果。

1040
☐
試合に出ると言ってしまった上は、がんばってトレーニングをしなければなりません。
▶ 既然說要參加比賽，就得加把勁練習才行。

1041
☐
さっぱりしたドレッシングを探しています。
▶ 我正在找口感清爽的調味醬汁。

1042
☐
一万トンの船。
▶ 一萬噸的船隻。

1043
☐
どんなにがんばっても、うまくいかないときがあるものだ。
▶ 就是有些時候不管你再怎麼努力，事情還是不能順利發展。

1044
☐
どんぶりにご飯を盛った。
▶ 我盛飯到大碗公裡。

と

な

1045 □	ない 【内】	漢造 内，裡頭；家裡；內部
1046 □	ないよう 【内容】	名 內容 類 中身（なかみ）
1047 □ T42	なおす 【直す】	接尾 （前接動詞連用形）重做…
1048 □	なおす 【直す】	他五 修理；改正；治療 類 改める（あらためる）
1049 □	なおす 【治す】	他五 醫治，治療 類 治療（ちりょう）
1050 □	なか 【仲】	名 交情；（人和人之間的）聯繫
1051 □	ながす 【流す】	他五 使流動，沖走；使漂走；流（出）；放逐；使流產；傳播；洗掉（汙垢）；不放在心上 類 流出（りゅうしゅつ）、流れるようにする
1052 □	なかみ 【中身】	名 裝在容器裡的內容物，內容；刀身 類 内容（ないよう）
1053 □	なかゆび 【中指】	名 中指 類 中指（ちゅうし）
1054 □	ながれる 【流れる】	自下一 流動；漂流；飄動；傳布；流逝；流浪；（壞的）傾向；流產；作罷；偏離目標；瀰漫；降落 類 流動する（りゅうどうする）
1055 □	なくなる 【亡くなる】	自五 去世，死亡 類 死ぬ（しぬ）

1045
校内で走るな。
▶ 校內嚴禁奔跑。

1046
この本の内容は、子どもっぽすぎる。
▶ 那本書的內容，感覺實在是太幼稚了。

1047
私は英語をやり直したい。
▶ 我想從頭學英語。

1048
自転車を直してやるから、持ってきなさい。
▶ 我幫你修理腳踏車，去把它騎過來。

1049
早く病気を治して働きたい。
▶ 我真希望早日把病治好，快點去工作。

1050
あの二人、仲がいいですね。
▶ 他們兩人感情可真好啊！

1051
トイレの水を流す。
▶ 沖掉廁所的水。

1052
何を食べるかは、財布の中身しだいです。
▶ 要吃什麼，就要看錢包所剩而定。

1053
中指に怪我をしてしまった。
▶ 我的中指受了傷。

1054
川が市中を流れる。
▶ 河川流經市內。

1055
おじいちゃんが亡くなって、みんな悲しがっている。
▶ 爺爺過世了，大家都很哀傷。

な

1056 □	なぐる 【殴る】	(他五) 毆打，揍；草草了事 (類) 打つ（うつ）
1057 □	なぜなら（ば） 【何故なら（ば）】	(接續) 因為，原因是
1058 □	なっとく 【納得】	(名・他サ) 理解，領會；同意，信服 (類) 理解（りかい）
1059 □	ななめ 【斜め】	(名・形動) 斜，傾斜；不一般，不同往常 (類) 傾斜（けいしゃ）
1060 □	なにか 【何か】	(連語・副) 什麼；總覺得
1061 □	なべ 【鍋】	(名) 鍋子；火鍋
1062 □	なま 【生】	(名・形動)（食物沒有煮過、烤過）生的；直接的，不加修飾的；不熟練，不到火候 (類) 未熟（みじゅく）
1063 □	なみだ 【涙】	(名) 淚，眼淚；哭泣；同情
1064 □	なやむ 【悩む】	(自五) 煩惱，苦惱，憂愁；感到痛苦 (類) 苦悩（くのう）、困る（こまる）
1065 □	ならす 【鳴らす】	(他五) 鳴，啼，叫；（使）出名；嘮叨；放響屁
1066 □	なる 【鳴る】	(自五) 響，叫；聞名 (類) 音が出る（おとがでる）

1056
彼が人を殴るわけはない。
▶ 他不可能會打人的。

1057
もういや、なぜなら彼はひどい。
▶ 我投降了，因為他太惡劣了。

1058
納得したからは、全面的に協力します。
▶ 既然我同意了，就會全面協助你。

1059
絵が斜めになっていたので直した。
▶ 因為畫歪了，所以將它調正。

1060
何か飲みたい。
▶ 想喝點什麼。

な

1061
鍋で炒める。
▶ 用鍋炒。

1062
この肉、生っぽいから、もう一度焼いて。
▶ 這塊肉看起來還有點生，幫我再烤一次吧。

1063
涙があふれる。
▶ 涙如泉湧。

1064
あんなひどい女のことで、悩むことはないですよ。
▶ 用不著為了那種壞女人煩惱啊！

1065
鐘を鳴らす。
▶ 敲鐘。

1066
ベルが鳴りはじめたら、書くのをやめてください。
▶ 鈴聲一響起，就請停筆。

1067 □	ナンバー 【number】	名 數字，號碼；（汽車等的）牌照
1068 □	にあう 【似合う】	自五 合適，相稱，調和 類 相応しい（ふさわしい）、釣り合う（つりあう）
1069 □	にえる 【煮える】	自下一 煮熟，煮爛；水燒開；固體融化（成泥狀）；發怒，非常氣憤 類 沸騰する（ふっとうする）
1070 □	にがて 【苦手】	名・形動 棘手的人或事；不擅長的事物 類 不得意（ふとくい）
1071 □	にぎる 【握る】	他五 握，抓；握飯團或壽司；掌握，抓住；（圍棋中決定誰先下）抓棋子 類 掴む（つかむ）
1072 □	にくらしい 【憎らしい】	形 可憎的，討厭的，令人憎恨的 反 可愛らしい（かわいらしい） 類 嫌らしい（いやらしい）
1073 □	にせ 【偽】	名 假，假冒；贋品 類 偽物（にせもの）
1074 □ T43	にせる 【似せる】	他下一 模仿，仿效；偽造 類 まねる
1075 □	にゅうこくかんりきょく 【入国管理局】	名 入國管理局
1076 □	にゅうじょうりょう 【入場料】	名 入場費，進場費
1077 □	にる 【煮る】	自五 煮，燉，熬

に

1067
自動車のナンバー。
▶ 汽車牌照。

1068
似合いさえすれば、どんな服でもいいです。
▶ 只要適合，哪種衣服都好。

1069
もう芋は煮えましたか。
▶ 芋頭已經煮熟了嗎？

1070
あいつはどうも苦手だ。
▶ 我對那傢伙實在是很感冒。

1071
車のハンドルを握る。
▶ 握住車子的駕駛盤。

な

1072
あの男が、憎らしくてたまりません。
▶ 那男人真是可恨得不得了。

1073
レジから偽の1万円札が5枚見つかりました。
▶ 收銀機裡發現了五張萬圓偽鈔。

1074
本物に似せて作ってありますが、色が少し違います。
▶ 雖然做得與真物非常相似，但是顏色有些微不同。

1075
入国管理局にビザを申請しました。
▶ 我在入國管理局申請了簽證。

1076
動物園の入場料はそんなに高くないですよ。
▶ 動物園的門票並沒有很貴呀。

1077
醤油を入れて、もう少し煮ましょう。
▶ 加醬油再煮一下吧！

1078 □	にんき 【人気】	名 人緣，人望
ぬ 1079 □	ぬう 【縫う】	他五 縫，縫補；刺繡；穿過，穿行；（醫）縫合（傷口） 類 裁縫（さいほう）
1080 □	ぬく 【抜く】	自他五・接尾 抽出，拔去；選出，摘引；消除，排除；省去，減少；超越
1081 □	ぬける 【抜ける】	自下一 脫落，掉落；遺漏；脫；離，離開，消失，散掉；溜走，逃脫 類 落ちる（おちる）
1082 □	ぬらす 【濡らす】	他五 浸濕，淋濕，沾濕 反 乾かす（かわかす） 類 濡れる
1083 □	ぬるい 【温い】	形 微溫，不冷不熱，不夠熱 類 温かい（あたたかい）
ね 1084 □	ねあがり 【値上がり】	名・自サ 價格上漲，漲價 反 値下がり（ねさがり） 類 高くなる
1085 □	ネックレス 【necklace】	名 項鍊
1086 □	ねっちゅう 【熱中】	名・自サ 熱中，專心；酷愛，著迷於 類 夢中になる（むちゅうになる）
1087 □	ねむる 【眠る】	自五 睡覺；埋藏 反 目覚める（めざめる） 類 睡眠（すいみん）
1088 □	ねらい 【狙い】	名 目標，目的；瞄準，對準 類 目当て（めあて）

1078
あのタレントは人気がある。
▶ 那位藝人很受歡迎。

1079
母親は、子どものために思いをこめて服を縫った。
▶ 母親滿懷愛心地為孩子縫衣服。

1080
浮き袋から空気を抜いた。
▶ 我放掉救生圈裡的氣了。

1081
スランプを抜けたら、明るい将来が見えた。
▶ 低潮一過，就可以看到光明的未來。

1082
この機械は、濡らすと壊れるおそれがある。
▶ 這機器一碰水，就有可能故障。

に

1083
風呂が温い。
▶ 洗澡水不夠熱。

1084
近頃、土地の値上がりが激しくなった。
▶ 最近地價猛漲。

1085
ネックレスをつける。
▶ 戴上項鍊。

1086
子どもは、ゲームに熱中しがちです。
▶ 小孩子容易沈迷於電玩。

1087
薬を使って、眠らせた。
▶ 用藥讓他入睡。

1088
学生に勉強させるのが、この課題の狙いにほかなりません。
▶ 讓學生們上到一課，無非是這道題目目的。

1089	ねんし【年始】	名 年初；賀年，拜年 反 年末（ねんまつ） 類 年初（ねんしょ）
1090	ねんせい【年生】	接尾 …年級生
1091	ねんまつねんし【年末年始】	名 年底與新年
1092	のうか【農家】	名 農民，農戶；農民的家
1093	のうぎょう【農業】	名 農耕；農業
1094	のうど【濃度】	名 濃度
1095	のうりょく【能力】	名 能力；（法）行為能力 類 腕前（うでまえ）
1096	のこぎり【鋸】	名 鋸子
1097	のこす【残す】	他五 留下，剩下；存留；遺留；（相撲頂住對方的進攻）開腳站穩 類 余す（あます）
1098	のせる【乗せる】	他下一 放在高處，放到…；裝載；使搭乘；使參加；騙人，誘拐；記載，刊登；合著音樂的拍子或節奏
1099	のせる【載せる】	他下一 放在…上，放在高處；裝載，裝運；納入，使參加；欺騙；刊登，刊載 類 積む（つむ）、上に置く

1089
年末年始は、新幹線も飛行機もほとんど満席です。
▶ 歲暮年初時節，不論是新幹線或是飛機都幾乎班班客滿。

1090
3年生に編入された。
▶ 被分到三年級。

1091
年末年始に旅行する。
▶ 在年底到新年去旅行。

1092
農家で育つ。
▶ 生長在農家。

1093
機械化された農業。
▶ 機械化農業。

ね

1094
放射能濃度が高い。
▶ 輻射線濃度高。

1095
能力とは、試験を通じて測られるものだけではない。
▶ 能力這東西，並不是只有透過考試才能被檢驗出來。

1096
のこぎりで板を引く。
▶ 用鋸子鋸木板。

1097
メモを残して帰る。
▶ 留下紙條後就回去了。

1098
子どもを電車に乗せる。
▶ 送孩子上電車。

1099
事件に関する記事を載せたところ、たいへんな反響がありました。
▶ 刊登了案件的相關報導，結果得到熱烈的回應。

1100 T44	のぞむ【望む】	他五 遠望，眺望；指望，希望；仰慕，景仰 類 求める（もとめる）
1101	のち【後】	名 後，之後；今後，未來；死後，身後
1102	ノック【knock】	名・他サ 敲打；（來訪者）敲門；打球
1103	のばす【伸ばす】	他五 伸展，擴展，放長；延緩（日期），推遲；發展，發揮；擴大，增加；稀釋；打倒 類 伸長（しんちょう）
1104	のびる【伸びる】	自上一 （長度等）變長，伸長；（皺摺等）伸展；擴展，到達；（勢力、才能等）擴大，增加，發展 類 生長（せいちょう）
1105	のぼり【上り】	名 （「のぼる」的名詞形）登上，攀登；上坡（路）；上行列車（從地方往首都方向的列車）；進京 反 下り（くだり）
1106	のぼる【上る】	自五 進京；晉級，高昇；（數量）達到，高達 類 上がる（あがる） 反 下る（くだる）
1107	のぼる【昇る】	自五 上升
1108	のりかえ【乗り換え】	名 換乘，改乘，改搭
1109	のりこし【乗り越し】	名・自サ （車）坐過站
1110	のんびり	副・自サ 舒適，逍遙，悠然自得 反 くよくよ 類 ゆったり、呑気（のんき）

1100

あなたが望む結婚相手の条件は何ですか。

▶ 你希望的結婚對象，條件為何？

1101

晴れのち曇り。

▶ 晴後陰。

1102

ノックの音が聞こえる。

▶ 聽見敲門聲。

1103

手を伸ばしたところ、木の枝に手が届きました。

▶ 我一伸手，結果就碰到了樹枝。

1104

背が伸びる。

▶ 長高了。

1105

ただいま、上り電車がまいりました。

▶ 現在北上的電車將要進站。

1106

足が悪くなって階段を上るのが大変です。

▶ 腳不好爬樓梯很辛苦。

1107

太陽が昇る。

▶ 太陽升起。

1108

電車の乗り換え。

▶ 電車轉乘。

1109

乗り越しの方は精算してください。

▶ 請坐過站的乘客補票。

1110

平日はともかく、週末はのんびりしたい。

▶ 先不說平日是如何，我週末想悠哉地休息一下。

は	1111 □	バーゲンセール 【bargain sale】	名 廉價出售，大拍賣，簡稱為（「バーゲン」） 類 安売り（やすうり）、特売（とくばい）
	1112 □	パーセント 【percent】	名 百分率
	1113 □	パート 【part time之略】	名 （按時計酬）打零工
	1114 □	ハードディスク 【hard disk】	名 （電腦）硬碟
	1115 □	パートナー 【partner】	名 伙伴，合作者，合夥人；舞伴 類 相棒（あいぼう）
	1116 □	はい 【灰】	名 灰
	1117 □	ばい 【倍】	名・漢造・接尾 倍，加倍；（數助詞的用法）倍
	1118 □	はいいろ 【灰色】	名 灰色
	1119 □	バイオリン 【violin】	名 （樂）小提琴
	1120 □	ハイキング 【hiking】	名 健行，遠足
	1121 □	バイク 【bike】	名 腳踏車；摩托車 類 モーターバイク

1111
デパートでバーゲンセールが始まったよ。
▶ 百貨公司已經開始進入大拍賣囉。

1112
手数料が 3 パーセントかかる。
▶ 手續費要三個百分比。

1113
母はパートに出て家計を補っています。
▶ 家母出外打零工以貼補家用。

1114
ハードディスクはパソコンコーナーのそばに置いてあります。
▶ 硬碟就放在電腦展示區的旁邊。

1115
彼はいいパートナーでした。
▶ 他是一個很好的工作伙伴。

1116
タバコの灰。
▶ 煙灰。

1117
今年から、倍の給料をもらえるようになりました。
▶ 今年起可以領到雙倍的薪資了。

1118
灰色の壁。
▶ 灰色的牆。

1119
バイオリンを弾く。
▶ 拉小提琴。

1120
鎌倉へハイキングに行く。
▶ 到鎌倉去健行。

1121
バイクで日本のいろいろなところを旅行したい。
▶ 我想要騎機車到日本各地旅行。

1122 □	ばいてん 【売店】	名（車站等）小賣店
1123 □	バイバイ 【bye-bye】	寒暄 再見，拜拜
1124 □	ハイヒール 【high heel】	名 高跟鞋
1125 □	はいゆう 【俳優】	名（男）演員
1126 □	パイロット 【pilot】	名 領航員；飛行駕駛員；實驗性的 類 運転手（うんてんしゅ）
1127 □	はえる 【生える】	自下一（草，木）等生長
1128 □ T45	ばか 【馬鹿】	名·接頭 愚蠢，糊塗
1129 □	はく・ぱく 【泊】	名·漢造 宿，過夜；停泊
1130 □	はくしゅ 【拍手】	名·自サ 拍手，鼓掌 類 喝采（かっさい）
1131 □	はくぶつかん 【博物館】	名 博物館，博物院
1132 □	はぐるま 【歯車】	名 齒輪

1122
駅の売店。
▶ 車站的小賣店。

1123
バイバイ、またね。
▶ 掰掰，再見。

1124
会社に入ってから、ハイヒールをはくようになりました。
▶ 進到公司以後，才開始穿上了高跟鞋。

1125
映画俳優。
▶ 電影演員。

1126
飛行機のパイロットを目指して、訓練を続けている。
▶ 以飛機的飛行員為目標，持續地接受訓練。

は

1127
雑草が生えてきたので、全部抜いてもらえますか。
▶ 雜草長出來了，可以幫我全部拔掉嗎？

1128
ばかなまねはするな。
▶ 別做傻事。

1129
京都に一泊する。
▶ 在京都住一晚。

1130
拍手して賛意を表す。
▶ 鼓掌以示贊成。

1131
博物館を楽しむ。
▶ 到博物館欣賞。

1132
機械の歯車。
▶ 機器的齒輪。

1133 ☐	はげしい 【激しい】	形 激烈，劇烈；（程度上）很高，厲害；熱烈 類 甚だしい（はなはだしい）、ひどい
1134 ☐	はさみ 【鋏】	名 剪刀；剪票鉗
1135 ☐	はし 【端】	名 開端，開始；邊緣；零頭，片段；開始，盡頭 反 中 類 縁（ふち）
1136 ☐	はじまり 【始まり】	名 開始，開端；起源
1137 ☐	はじめ 【始め】	名・接尾 開始，開頭；起因，起源；以…為首 反 終わり 類 起こり
1138 ☐	はしゅつじょ 【派出所】	名 派出所；辦事處，事務所 類 交番（こうばん）
1139 ☐	はしら 【柱】	名・接尾 （建）柱子；支柱；（轉）靠山
1140 ☐	はずす 【外す】	他五 摘下，解開，取下；錯過，錯開；落後，失掉；避開，躲過 類 とりのける
1141 ☐	バスだい 【bus代】	名 公車（乘坐）費 類 バス料金
1142 ☐	パスポート 【passport】	名 護照；身分證
1143 ☐	バスりょうきん 【bus料金】	名 公車（乘坐）費 類 バス代

1133
競争が激しい。
▶ 競爭激烈。

1134
はさみで切る。
▶ 用剪刀剪。

1135
道の端を歩いてください。
▶ 請走路的兩旁。

1136
近代医学の始まり。
▶ 近代醫學的起源。

1137
お花見には部長をはじめ、社員60名が参加しました。
▶ 經理帶領六十個職員參加了賞花盛宴。

は

1138
お金を拾ったので派出所に届けました。
▶ 由於我撿到錢，所以送到了派出所。

1139
柱が倒れた。
▶ 柱子倒下。

1140
重大な話につき、あなたは席を外してください。
▶ 由於是重要的事情，所以請你先離座一下。

1141
鈴木さんが私のバス代を払ってくれました。
▶ 鈴木小姐幫我代付了公車費。

1142
パスポートを出す。
▶ 取出護照。

1143
大阪までのバス料金は10年間同じままです。
▶ 搭到大阪的公車費用，這十年來都沒有漲價。

1144 □	はずれる 【外れる】	自下一 脱落，掉下；（希望）落空，不合（道理）；離開（某一範圍） 反 当たる 類 離れる（はなれる）、逸れる（それる）
1145 □	はた 【旗】	名 旗，旗幟；（佛）幡
1146 □	はたけ 【畑】	名 田地，旱田；專業的領域
1147 □	はたらき 【働き】	名 勞動，工作；作用，功效；功勞，功績；功能，機能 類 才能（さいのう）
1148 □	はっきり	副·自サ 清楚；直接了當 類 明らか（あきらか）
1149 □	バッグ 【bag】	名 手提包
1150 □	はっけん 【発見】	名·他サ 發現 類 見つける、見つけ出す
1151 □	はったつ 【発達】	名·自サ （身心）成熟，發達；擴展，進步；（機能）發達，發展
1152 □	はつめい 【発明】	名·他サ 發明 類 発案（はつあん）
1153 □	はで 【派手】	名·形動 （服裝等）鮮艷的，華麗的；（為引人注目而動作）誇張，做作 反 地味（じみ） 類 艶やか（あでやか）
1154 □	はながら 【花柄】	名 花的圖樣 類 花模様（はなもよう）

1144
機械の部品が、外れるわけがない。
▶ 機器的零件，是不可能會脫落的。

1145
旗をかかげる。
▶ 掛上旗子。

1146
畑を耕す。
▶ 耕地。

1147
計画がうまくいくかどうかは、君たちの働き次第だ。
▶ 計畫能不能順利地進行，就全看你們的工作成果了。

1148
君ははっきり言いすぎる。
▶ 你說得太露骨了。

1149
バッグに財布を入れる。
▶ 把錢包放入包包裡。

1150
博物館に行くと、子どもたちにとっていろいろな発見があります。
▶ 孩子們去到博物館會有很多新發現。

1151
子どもの発達に応じて、おもちゃを与えよう。
▶ 依小孩的成熟程度給玩具。

1152
社長は、新しい機械を発明するたびにお金をもうけています。
▶ 每逢社長研發出新型機器，就會賺大錢。

1153
いくらパーティーでも、そんな派手な服を着ることはないでしょう。
▶ 就算是派對，也不用穿得那麼華麗吧。

1154
花柄のワンピースを着ているのが娘です。
▶ 身穿有花紋圖樣的連身洋裝的，就是小女。

1155 T46	はなしあう 【話し合う】	自五 對話，談話；商量，協商，談判
1156	はなす 【離す】	他五 使…離開，使…分開；隔開，拉開距離 反 合わせる 類 分離（ぶんり）
1157	はなもよう 【花模様】	名 花的圖樣 類 花柄 （はながら）
1158	はなれる 【離れる】	自下一 離開，分開；離去；距離，相隔；脫離 （關係），背離 反 合う 類 別れる
1159	はば 【幅】	名 寬度，幅面；幅度，範圍；勢力；伸縮空間 類 広狭（こうきょう）
1160	はみがき 【歯磨き】	名 刷牙；牙膏，牙膏粉；牙刷
1161	ばめん 【場面】	名 場面，場所；情景，（戲劇、電影等）場 景，鏡頭；市場的情況，行情 類 光景（こうけい）；シーン
1162	はやす 【生やす】	他五 使生長；留（鬍子）
1163	はやる 【流行る】	自五 流行，時興；興旺，時運佳 類 広まる（ひろまる）、流行する（りゅうこ うする）
1164	はら 【腹】	名 肚子；心思，內心活動；心情，情緒；心 胸，度量；胎內，母體內 反 背（せ） 類 腹部（ふくぶ）、お腹（おなか）
1165	バラエティ 【variety】	名 多樣化，豐富多變；綜藝節目（「バラエティ ーショー」之略） 類 多様性（たようせい）

1155
楽しく話し合う。
▶ 相談甚歡。

1156
子どもの手を握って、離さないでください。
▶ 請握住小孩的手，不要放掉。

1157
彼女はいつも花模様のハンカチを持っています。
▶ 她總是帶著綴有花樣的手帕。

1158
故郷を離れるに先立ち、みんなに挨拶をしました。
▶ 在離開家鄉之前，先和大家告別過了。

1159
道路の幅を広げる工事をしている。
▶ 正在進行拓展道路的工程。

は

1160
毎食後に歯磨きをする。
▶ 每餐飯後刷牙。

1161
最後の場面は感動したにせよ、映画自体はおもしろくなかった。
▶ 就算最後一幕很動人，但電影本身還是很無趣。

1162
恋人の不満をよそに、彼はいつもひげを生やしている。
▶ 他總是任由鬍鬚雜生，根本沒將女友的不高興放在心上。

1163
こんな商品がはやるとは思えません。
▶ 我不認為這種商品會流行。

1164
たとえ腹が立っても、黙ってがまんします。
▶ 就算一肚子氣，也會默默地忍耐下來。

1165
彼女はよくバラエティ番組に出ていますよ。
▶ 她經常上綜藝節目唷。

1166 ☐	ばらばら（な）	剾 分散貌；凌亂，支離破碎的 類 散り散り（ちりぢり）
1167 ☐	バランス 【balance】	图 平衡，均衡，均等 類 釣り合い（つりあい）
1168 ☐	はる 【張る】	自五・他五 延伸，伸展；覆蓋；膨脹，負擔過 重；展平，擴張；設置，布置 類 覆う（おおう）；太る（ふとる）
1169 ☐	バレエ 【ballet】	图 芭蕾舞 類 踊り（おどり）
1170 ☐	バン 【van】	图 大篷貨車
1171 ☐	ばん 【番】	名・接尾・漢造 輪班；看守，守衛；（表順序與號 碼）第…號；（交替）順序 類 順序（じゅんじょ）、順番（じゅんばん）
1172 ☐	はんい 【範囲】	图 範圍，界線 類 区域（くいき）
1173 ☐	はんせい 【反省】	名・他サ 反省，自省（思想與行為）；重新考慮 類 省みる（かえりみる）
1174 ☐	はんたい 【反対】	名・自サ 相反；反對 反 賛成（さんせい） 類 あべこべ；否（いな）
1175 ☐	パンツ 【pants】	图 內褲；短褲 類 ズボン
1176 ☐	はんにん 【犯人】	图 犯人 類 犯罪者（はんざいしゃ）

1166
同件に対する評価がばらばらな理由は何ですか。
▶ 為什麼大家對本案的評語會是褒貶不一，各持己見呢？

1167
この食事では、ビタミンが足りないのみならず、栄養のバランスも悪い。
▶ 這一餐不僅維他命不足，連營養都不均衡。

1168
今朝は寒くて、池に氷が張るほどだった。
▶ 今早好冷，冷到池塘都結了一層薄冰。

1169
幼稚園のときからバレエを習っています。
▶ 我從讀幼稚園起，就一直學習芭蕾舞。

1170
新型のバンがほしい。
▶ 想要有一台新型貨車。

は

1171
次は誰の番ですか。
▶ 下一個輪到誰了？

1172
消費者の要望にこたえて、販売地域の範囲を広げた。
▶ 為了回應消費者期待，拓展了銷售區域的範圍。

1173
彼は、反省のあまり、すっかり元気がなくなってしまった。
▶ 他反省過了頭，以致於整個人都提不起勁。

1174
あなたが社長に反対しちゃ、困りますよ。
▶ 你要是跟社長作對，我會很頭痛的。

1175
子どものパンツと靴下を買いました。
▶ 我買了小孩子的內褲和襪子。

1176
あいつが犯人と分かっているにもかかわらず、逮捕できない。
▶ 儘管知道那傢伙就是犯人，還是沒辦法逮捕他。

1177 ☐	パンプス 【pumps】	㊂ 女用的高跟皮鞋，淑女包鞋
1178 ☐ T47	パンフレット 【pamphlet】	㊂ 小冊子 ㊝ パンフ、案内書（あんないしょ）
1179 ☐	ひ 【非】	㊂ 非，不是
1180 ☐	ひ 【費】	㊉ 消費，花費；費用
1181 ☐	ピアニスト 【pianist】	㊂ 鋼琴師，鋼琴家 ㊝ ピアノの演奏家（ピアノのえんそうか）
1182 ☐	ヒーター 【heater】	㊂ 電熱器，電爐；暖氣裝置 ㊝ 暖房（だんぼう）
1183 ☐	ビール 【(荷)bier】	㊂ 啤酒
1184 ☐	ひがい 【被害】	㊂ 受害，損失 ㊠ 加害（かがい） ㊝ 損害（そんがい）
1185 ☐	ひきうける 【引き受ける】	㊙下一 承擔，負責；照應，照料；應付，對付；繼承 ㊝ 受け入れる
1186 ☐	ひきざん 【引き算】	㊂ 減法 ㊠ 足し算（たしざん） ㊝ 減法（げんぽう）
1187 ☐	ピクニック 【picnic】	㊂ 郊遊，野餐

ひ

1177
入社式にはパンプスをはいていきます。
▶ 我穿淑女包鞋參加新進人員入社典禮。

1178
社に戻りましたら、詳しいパンフレットをお送りいたします。
▶ 我一回公司，會馬上寄給您更詳細的小冊子。

1179
非を認める。
▶ 承認錯誤。

1180
経費。
▶ 經費。

1181
知り合いにピアニストの方はいますか。
▶ 請問你的朋友中有沒有人是鋼琴家呢？

1182
ヒーターを点けたまま、寝てしまいました。
▶ 我沒有關掉暖爐就睡著了。

1183
ビールを飲む。
▶ 喝啤酒。

1184
悲しいことに、被害は拡大している。
▶ 令人感到難過的是，災情還在持續擴大中。

1185
仕事についていろいろ説明を受けたあげく、引き受けるのをやめた。
▶ 聽了工作各方面的內容說明後，最後卻決定不接這份工作。

1186
子どもに引き算の練習をさせた。
▶ 我叫小孩演練減法。

1187
ピクニックに行く。
▶ 去野餐。

は

1188 ☐	ひざ 【膝】	⒜ 膝，膝蓋
1189 ☐	ひじ 【肘】	⒜ 肘，手肘
1190 ☐	びじゅつ 【美術】	⒜ 美術 ⒤ 芸術（げいじゅつ）、アート
1191 ☐	ひじょう 【非常】	⒜·形動 非常，很，特別；緊急，緊迫 ⒤ 特別
1192 ☐	びじん 【美人】	⒜ （文）美人，美女
1193 ☐	ひたい 【額】	⒜ 前額，額頭；物體突出部分 ⒤ おでこ
1194 ☐	ひっこし 【引っ越し】	⒜ 搬家，遷居
1195 ☐	ぴったり	副·自サ 緊緊地，嚴實地；恰好，正適合；說中，猜中 ⒤ ちょうど
1196 ☐	ヒット 【hit】	⒜·自サ 大受歡迎，最暢銷；（棒球）安打 ⒤ 大当たり（おおあたり）
1197 ☐	ビデオ 【video】	⒜ 影像，錄影；錄影機；錄影帶
1198 ☐	ビデオデッキ 【videodeck】	⒜ 錄影帶播放機

1188
膝を曲げる。
▶ 曲膝。

1189
肘つきのいす。
▶ 帶扶手的椅子。

1190
美術の研究を続けるべく、大学院に入ることにした。
▶ 為求持續美術方面的研究，因此進入研究所。

1191
そのニュースを聞いて、彼は非常に喜んだに違いない。
▶ 聽到那個消息，他一定會非常的高興。

1192
美人薄命。
▶ 紅顏薄命。

ひ

1193
うちの庭は、猫の額のように狭い。
▶ 我家的庭院，就像貓的額頭一般地狹小。

1194
引っ越しをする。
▶ 搬家。

1195
そのドレスは、あなたにぴったりですよ。
▶ 這件禮服，真適合你穿啊！

1196
90年代にヒットした曲を集めました。
▶ 這裡面彙集了九〇年代的暢銷金曲。

1197
ビデオを再生する。
▶ 播放錄影帶。

1198
ビデオデッキを使う。
▶ 用錄影帶播放機。

1199 ☐	ひとさしゆび 【人差し指】	名 食指 類 食指（しょくし）
1200 ☐	ビニール 【vinyl】	名 （化）乙烯基；乙烯基樹脂；塑膠
1201 ☐	ひふ 【皮膚】	名 皮膚
1202 ☐	ひみつ 【秘密】	名・形動 秘密，機密
1203 ☐	ひも 【紐】	名 （布、皮革等的）細繩，帶
1204 ☐	ひやす 【冷やす】	他五 使變涼，冰鎮；（喻）使冷靜
1205 ☐	びょう 【秒】	名・漢造 （時間單位）秒
1206 ☐	ひょうご 【標語】	名 標語
1207 ☐ T48	びようし 【美容師】	名 美容師
1208 ☐	ひょうじょう 【表情】	名 表情
1209 ☐	ひょうほん 【標本】	名 標本；（統計）樣本；典型

1199
彼女は、人差し指に指輪をしている。
▶ 她的食指上帶著戒指。

1200
ビニール袋。
▶ 塑膠袋。

1201
皮膚が荒れる。
▶ 皮膚粗糙。

1202
秘密を明かす。
▶ 透漏秘密。

1203
靴ひもを結ぶ。
▶ 繫鞋帶。

ひ

1204
ミルクを冷蔵庫で冷やしておく。
▶ 把牛奶放在冰箱冷藏。

1205
タイムを秒まで計る。
▶ 以秒計算。

1206
交通安全の標語。
▶ 交通安全的標語。

1207
人気の美容師さんに髪を切ってもらいました。
▶ 我找了極受歡迎的美髮設計師幫我剪了頭髮。

1208
表情が暗い。
▶ 神情陰鬱。

1209
動物の標本。
▶ 動物的標本。

1210 □	ひょうめん 【表面】	名 表面 類 表（おもて）
1211 □	ひょうろん 【評論】	名·他サ 評論，批評 類 批評（ひひょう）
1212 □	びら	名 （宣傳、廣告用的）傳單
1213 □	ひらく 【開く】	自五·他五 綻放；開，拉開 類 開ける
1214 □	ひろがる 【広がる】	自五 開放，展開；（面積、規模、範圍）擴大，蔓延，傳播 反 挟まる（はさまる）　類 拡大（かくだい）
1215 □	ひろげる 【広げる】	他下一 打開，展開；（面積、規模、範圍）擴張，發展 反 挟める（せばめる）　類 拡大
1216 □	ひろさ 【広さ】	名 寬度，幅度
1217 □	ひろまる 【広まる】	自五 （範圍）擴大；傳播，遍及 類 広がる
1218 □	ひろめる 【広める】	他下一 擴大，增廣；普及，推廣；披漏，宣揚 類 普及させる（ふきゅうさせる）
1219 □	びん 【瓶】	名 瓶，瓶子
1220 □	ピンク 【pink】	名 桃紅色，粉紅色；桃色

1210
布の表面全体にわたる汚れが、どうしても落ちなかった。
▶ 染在布面上的整片污漬，怎麼也洗不掉。

1211
評論家として、一言意見を述べたいと思います。
▶ 我想以評論家的身分，表達一下意見。

1212
びらをまく。
▶ 發傳單。

1213
ばらの花が開きだした。
▶ 玫瑰花綻放開來了。

1214
悪い噂は、広がる一方だなあ。
▶ 負面的傳聞，越傳越開了。

ひ

1215
犯人が見つからないので、捜査の範囲を広げるほかはない。
▶ 因為抓不到犯人，所以只好擴大搜查範圍了。

1216
広さは 3 万坪ある。
▶ 有三萬坪的寬度。

1217
話が広まってしまい、私はみんなに同情されるしまつだ。
▶ 關於我的事漸漸傳開，大家對我寄予無限同情。

1218
祖母は日本舞踊を広める活動をしています。
▶ 祖母正在從事推廣日本舞踊的活動。

1219
瓶を壊す。
▶ 打破瓶子。

1220
ピンク色のセーター。
▶ 粉紅色的毛衣。

ふ

1221 □	びんせん 【便箋】	名 信紙，便箋 類 レターペーパー
1222 □	ふ 【不】	漢造 不；壞；醜；笨
1223 □	ぶ 【部】	名・漢造 部分；部門；冊
1224 □	ぶ 【無】	漢造 無，沒有，缺乏
1225 □	ファストフード 【fast food】	名 速食
1226 □	ファスナー 【fastener】	名 （提包、皮包與衣服上的）拉鍊 類 チャック、ジッパー
1227 □	ファックス 【fax】	名 傳真
1228 □	ふあん 【不安】	名・形動 不安，不放心，擔心；不穩定 類 心配
1229 □	ふうぞく 【風俗】	名 風俗；服裝，打扮；社會道德
1230 □	ふうふ 【夫婦】	名 夫婦，夫妻
1231 □	ふかのう（な） 【不可能（な）】	形動 不可能的，做不到的 類 できない 反 できる

1221
便箋と封筒を買ってきた。
▶ 我買來了信紙和信封。

1222
不思議。
▶ 不可思議。

1223
営業部。
▶ 業務部。

1224
無難。
▶ 無事。

1225
ファストフードの食べすぎは体によくないです。
▶ 吃太多速食有害身體健康。

ひ

1226
このバッグにはファスナーがついています。
▶ 這個皮包有附拉錬。

1227
地図をファックスしてください。
▶ 請傳真地圖給我。

1228
不安のあまり、友だちに相談に行った。
▶ 因為實在是放不下心，所以找朋友來聊聊。

1229
土地の風俗。
▶ 當地的風俗。

1230
夫婦になる。
▶ 成為夫妻。

1231
それはあまりに不可能な要求です。
▶ 那是近乎不可能達成的要求。

1232	ふかまる 【深まる】	自五 加深，變深
1233	ふかめる 【深める】	他下一 加深，加強
1234	ふきゅう 【普及】	名・自サ 普及
1235	ふく 【拭く】	他五 擦，抹 類 拭う（ぬぐう）
1236 T49	ふく 【副】	名・漢造 副本，抄件；副；附帶
1237	ふくむ 【含む】	他五・自四 含（在嘴裡）；帶有，包含；瞭解，知道；含蓄；懷（恨）；鼓起；（花）含苞 類 包む（つつむ）
1238	ふくめる 【含める】	他下一 包含，含括；囑咐，告知，指導 類 入れる
1239	ふくろ 【袋】	名 口袋；腰包
1240	ふける 【更ける】	自下一 （秋）深；（夜）闌
1241	ふこう 【不幸】	名 不幸，倒楣；死亡，喪事
1242	ふごう 【符号】	名 符號，記號；（數）符號

1232
秋が深まる。
▶ 秋深。

1233
貴校において知識を深められたことは、光栄の至りです。
▶ 能夠來到貴校增進知識，實為無比光榮。

1234
当時は、テレビが普及しかけた頃でした。
▶ 當時正是電視開始普及的時候。

1235
教室と廊下の床は雑巾で拭きます。
▶ 用抹布擦拭教室和走廊的地板。

1236
副社長。
▶ 副社長。

ふ

1237
税金を含むか含まないかにかかわらず、この値段はちょっと高すぎる。
▶ 無論含稅與否，這價錢有點太貴了。

1238
先生を含めて、クラス会の参加者は50名です。
▶ 包含老師，參加班級會議的共有50位。

1239
袋に入れる。
▶ 裝入袋子。

1240
夜が更ける。
▶ 三更半夜。

1241
不幸を嘆く。
▶ 哀嘆不幸。

1242
数学の符号。
▶ 數學符號。

1243	ふしぎ 【不思議】	名·形動 奇怪，難以想像，不可思議 類 神秘（しんぴ）
1244	ふじゆう 【不自由】	名·形動·自サ 不自由，不如意，不充裕；（手腳）不聽使喚；不方便 類 不便（ふべん）
1245	ふそく 【不足】	名·形動·自サ 不足，不夠，短缺；缺乏，不充分；不滿意，不平 反 過剰（かじょう） 類 足りない（たりない）
1246	ふた 【蓋】	名 （瓶、箱、鍋等）的蓋子；（貝類的）蓋 反 身 類 覆い（おおい）
1247	ぶたい 【舞台】	名 舞台；大顯身手的地方 類 ステージ
1248	ふたたび 【再び】	副 再一次，又，重新 類 また
1249	ふたて 【二手】	名 兩路
1250	ふちゅうい（な） 【不注意（な）】	形動 不注意，疏忽，大意 類 不用意（ふようい）
1251	ふちょう 【府庁】	名 府辦公室
1252	ぶつ 【物】	名·漢造 大人物；物，東西
1253	ぶっか 【物価】	名 物價 類 値段

1243
ひどい事故だったので、助かったのが不思議なくらいです。
▶ 因為是很嚴重的事故，所以能得救還真是令人覺得不可思議。

1244
学校生活が、不自由でしょうがない。
▶ 學校的生活令人感到極不自在。

1245
栄養が不足がちだから、もっと食べなさい。
▶ 營養有不足的傾向，所以要多吃一點。

1246
ふたを取ったら、いい匂いがした。
▶ 打開蓋子後，聞到了香味。

1247
舞台に立つからには、いい演技をしたい。
▶ 既然要站上舞台，就想要展露出好的表演。

ふ

1248
先生に対して、再び質問した。
▶ 向老師再次提問。

1249
二手に分かれる。
▶ 兵分兩路。

1250
首相の不注意な発言で、支持率が低下した。
▶ 首相的失言，造成了支持率的滑落。

1251
府庁へはどのように行けばいいですか。
▶ 請問該怎麼去府廳（府辦公室）呢？

1252
紛失物。
▶ 遺失物品。

1253
物価が上がったせいか、生活が苦しいです。
▶ 或許是物價上漲的關係，生活很辛苦。

1254 □	ぶつける	他下一 扔，投；碰，撞，（偶然）碰上，遇上；正當，恰逢；衝突，矛盾 類 打ち当てる（うちあてる）
1255 □	ぶつり 【物理】	名 （文）事物的道理；物理（學）
1256 □	ふなびん 【船便】	名 船運
1257 □	ふまん 【不満】	名·形動 不滿足，不滿，不平 反 満足（まんぞく） 類 不平（ふへい）
1258 □	ふみきり 【踏切】	名 （鐵路的）平交道，道口；（轉）決心
1259 □	ふもと 【麓】	名 山腳
1260 □	ふやす 【増やす】	他五 繁殖；增加，添加 反 減らす（へらす） 類 増す（ます）
1261 □	フライがえし 【fry返し】	名 （把平底鍋裡煎的東西翻面的用具）鍋鏟 類 ターナー
1262 □	プライバシー 【privacy】	名 私生活，個人私密 類 私生活（しせいかつ）
1263 □ T50	フライパン 【frypan】	名 平底鍋
1264 □	ブラインド 【blind】	名 百葉窗，窗簾，遮光物

1254
車をぶつけて、修理代を請求された。
▶ 撞上了車，被對方要求償修理費。

1255
物理の点が悪かったわりには、化学はまあまあだった。
▶ 物理的成績不好，但比較起來化學是算好的了。

1256
船便だと一ヶ月以上かかります。
▶ 船運需花一個月以上的時間。

1257
不満げな様子だが、文句があれば私に言いなさい。
▶ 看起來好像有不滿的樣子，有異議的話跟我說啊。

1258
踏切を渡る。
▶ 過平交道。

ふ

1259
富士山の麓。
▶ 富士山下。

1260
人数を増やす。
▶ 增加人數。

1261
このフライ返しはとても使いやすい。
▶ 這把鍋鏟用起來非常順手。

1262
プライバシーに関する情報は、公開しません。
▶ 關於個人隱私的相關資訊，恕不對外公開。

1263
フライパンで、目玉焼きを作った。
▶ 我用平底鍋煎了荷包蛋。

1264
姉の部屋はカーテンではなく、ブラインドを掛けています。
▶ 姊姊的房間裡掛的不是窗簾，而是百葉窗。

1265 ☐	ブラウス 【blouse】	名（多半為女性穿的）罩衫，襯衫
1266 ☐	プラス 【plus】	名·他サ（數）加號，正號；正數；有好處，利益；加（法）；陽性 反 マイナス 類 加算（かさん）
1267 ☐	プラスチック 【plastic;plastics】	名（化）塑膠，塑料
1268 ☐	プラットホーム 【platform】	名 月台 類 ホーム
1269 ☐	ブランド 【brand】	名（商品的）牌子；商標 類 銘柄（めいがら）
1270 ☐	ぶり 【振り】	造語 樣子，狀態
1271 ☐	ぶり 【振り】	造語 相隔
1272 ☐	プリペイドカード 【prepaid card】	名 預先付款的卡片（電話卡、影印卡等）
1273 ☐	プリンター 【printer】	名 印表機；印相片機
1274 ☐	ふる 【古】	名·漢造 舊東西；舊，舊的
1275 ☐	ふる 【振る】	他五 揮，搖；撒，丟；（俗）放棄，犧牲（地位等）；謝絕，拒絕；派分；在漢字上註假名；（使方向）偏於 類 振るう

1265
女性もののブラウスがほしい。
▶ 我想要一件女用襯衫。

1266
働きに応じて、報酬をプラスしてあげよう。
▶ 依工作情況，來增加報酬！

1267
プラスチック製の車。
▶ 塑膠製的車子。

1268
新宿行きは、何番のプラットホームですか。
▶ 前往新宿是幾號月台？

1269
ブランド品は通販でもたくさん販売されています。
▶ 有很多名牌商品也在網購或郵購通路上販售。

ふ

1270
勉強振り。
▶ 學習狀況。

1271
五年振りの来日。
▶ 相隔五年的訪日。

1272
これは国際電話用のプリペイドカードです。
▶ 這是可撥打國際電話的預付卡。

1273
新しいプリンターがほしいです。
▶ 我想要一台新的印表機。

1274
古本屋さん。
▶ 二手書店。

1275
ハンカチを振る。
▶ 揮著手帕。

1276 □	フルーツ 【fruits】	名 水果 類 果物（くだもの）
1277 □	ブレーキ 【brake】	名 煞車；制止，控制，潑冷水 類 制動機（せいどうき）
1278 □	ふろ（ば） 【風呂（場）】	名 浴室，洗澡間，浴池 類 バス
1279 □	ふろや 【風呂屋】	名 浴池，澡堂
1280 □	ブログ 【blog】	名 部落格
1281 □	プロ 【professional之略】	名 職業選手，專家 反 アマ 類 玄人（くろうと）
1282 □	ぶん 【分】	名・漢造 部分；份；本分；地位
1283 □	ぶんすう 【分数】	名 （數學的）分數
1284 □	ぶんたい 【文体】	名 （某時代特有的）文體；（某作家特有的）風格
1285 □	ぶんぼうぐ 【文房具】	名 文具，文房四寶
1286 □	へいき 【平気】	名・形動 鎮定，冷靜；不在乎，不介意，無動於衷 類 平静（へいせい）

1276
10年近く、毎朝フルーツジュースを飲んでいます。
▶ 近十年來，每天早上都會喝果汁。

1277
何かが飛び出してきたので、慌ててブレーキを踏んだ。
▶ 突然有東西跑出來，我便緊急地踩了煞車。

1278
風呂に入りながら音楽を聴くのが好きです。
▶ 我喜歡一邊泡澡一邊聽音樂。

1279
風呂屋に行く。
▶ 去澡堂。

1280
ブログを作る。
▶ 架設部落格。

ふ

1281
プロからすれば、私たちの野球はとても下手に見えるでしょう。
▶ 我想從職業的角度來看，我們棒球一定打得很爛。

1282
減った分を補う。
▶ 補充減少部分。

1283
小学4年生のときに分数を習いました。
▶ 我在小學四年級時已經學過「分數」了。

1284
漱石の文体をまねる。
▶ 模仿夏目漱石的文章風格。

1285
文房具屋さん。
▶ 文具店。

1286
たとえ何を言われても、私は平気だ。
▶ 不管別人怎麼說，我都無所謂。

1287 □	へいきん 【平均】	(名・自サ・他サ) 平均；（數）平均值；平衡，均衡 (類) 均等（きんとう）
1288 □	へいじつ 【平日】	(名)（星期日、節假日以外）平日；平常，平素 (反) 休日（きゅうじつ） (類) 普段（ふだん）
1289 □ T51	へいたい 【兵隊】	(名) 士兵，軍人；軍隊
1290 □	へいわ 【平和】	(名・形動) 和平，和睦 (反) 戦争（せんそう） (類) 太平（たいへい）、ピース
1291 □	へそ 【臍】	(名) 肚臍；物體中心突起部分
1292 □	べつ 【別】	(名・形動・漢造) 分別，區分；分別
1293 □	べつに 【別に】	(副)（後接否定）不特別 (類) 特に
1294 □	べつべつ 【別々】	(形動) 各自，分別 (類) それぞれ
1295 □	ベテラン 【veteran】	(名) 老手，內行 (類) 達人（たつじん）
1296 □	へやだい 【部屋代】	(名) 房租；旅館住宿費
1297 □	へらす 【減らす】	(他五) 減，減少；削減，縮減；空（腹） (反) 増やす（ふやす） (類) 削る（けずる）

1287
集めたデータをもとにして、平均を計算しました。
▶ 把蒐集來的資料做為參考，計算出平均值。

1288
デパートは平日でさえこんなに込んでいるのだから、日曜はすごいだろう。
▶ 百貨公司連平日都那麼擁擠，禮拜日肯定就更多吧。

1289
兵隊に行く。
▶ 去當兵。

1290
世界人類が平和でありますように。
▶ 希望全世界全人類都能和平相處。

1291
おへそを出すファッションがはやっている。
▶ 現在流行將肚臍外露的造型。

1292
別の方法を考える。
▶ 想別的方法。

1293
別に教えてくれなくてもかまわないよ。
▶ 不教我也沒關係。

1294
支払いは別々にする。
▶ 各付各的。

1295
たとえベテランだったとしても、この機械を修理するのは難しいだろう。
▶ 修理這台機器，即使是內行人也感到很棘手的。

1296
部屋代を払う。
▶ 支付房租。

1297
体重を減らす。
▶ 減輕體重。

1298 ☐	ベランダ 【veranda】	名 陽台；走廊 類 バルコニー
1299 ☐	へる 【経る】	自下一（時間、空間、事物）經過、通過
1300 ☐	へる 【減る】	自五 減，減少；磨損；（肚子）餓 反 増える（ふえる） 類 減じる（げんじる）
1301 ☐	ベルト 【belt】	名 皮帶；（機）傳送帶；（地）地帶 類 帯（おび）
1302 ☐	ヘルメット 【helmet】	名 安全帽；頭盔，鋼盔
1303 ☐	へん 【偏】	名・漢造 漢字的（左）偏旁；偏，偏頗
1304 ☐	へん 【編】	名・漢造 編，編輯；（詩的）卷
1305 ☐	へんか 【変化】	名・自サ 變化，改變；（語法）變形，活用 類 変動（へんどう）
1306 ☐	ペンキ 【(荷)pek】	名 油漆
1307 ☐	へんこう 【変更】	名・他サ 變更，更改，改變 類 変える
1308 ☐	べんごし 【弁護士】	名 律師

1298
母は毎朝必ずベランダの花に水をやります。
▶ 媽媽每天早上都一定會幫種在陽台上的花澆水。

1299
3年を経た。
▶ 經過了三年。

1300
収入が減る。
▶ 收入減少。

1301
ベルトの締め方によって、感じが変わりますね。
▶ 繫皮帶的方式一改變，整個感覺就不一樣了。

1302
自転車に乗るときもヘルメットをかぶらなければいけません。
▶ 即使騎乘自行車時，也必須戴上安全帽才行。

1303
衣偏。
▶ 衣部（部首）。

1304
編集者。
▶ 編輯人員。

1305
街の変化はとても激しく、別の場所に来たのかと思うぐらいです。
▶ 城裡的變化，大到幾乎讓人以為來到別處似的。

1306
ペンキが乾いてからでなければ、座れない。
▶ 不等油漆乾就不能坐。

1307
予定を変更することなく、すべての作業を終えた。
▶ 一路上沒有更動原定計畫，就做完了所有的工作。

1308
将来は弁護士になりたいと考えています。
▶ 我以後想要當律師。

1309 □	ベンチ 【bench】	名 長凳，長椅；（棒球）教練、選手席 類 椅子
1310 □	べんとう 【弁当】	名 便當，飯盒
1311 □	ほ・ぽ 【歩】	名・漢造 步，步行；（距離單位）步
1312 □	ほいくえん 【保育園】	名 幼稚園，保育園
1313 □	ほいくし 【保育士】	名 幼教師
1314 □	ぼう 【防】	漢造 防備，防止；堤防
1315 □	ほうこく 【報告】	名・他サ 報告，匯報，告知 類 報知（ほうち）、レポート
1316 □ T52	ほうたい 【包帯】	名・他サ （醫）繃帶
1317 □	ほうちょう 【包丁】	名 菜刀；廚師；烹調手藝 類 ナイフ
1318 □	ほうほう 【方法】	名 方法，辦法 類 手段（しゅだん）
1319 □	ほうもん 【訪問】	名・他サ 訪問，拜訪 類 訪れる（おとずれる）

ほ

1309
公園には小さなベンチがありますよ。
▶ 公園裡有小型的長條椅喔。

1310
弁当を作る。
▶ 做便當。

1311
前へ、一歩進む。
▶ 往前一步。

1312
妹は２歳から保育園に行っています。
▶ 妹妹從兩歲起就讀育幼園。

1313
あの保育士はいつも笑顔で、元気がいいです。
▶ 那位幼教老師的臉上總是帶著笑容、精神奕奕的。

1314
予防医療。
▶ 預防醫療。

1315
忙しさのあまり、報告を忘れました。
▶ 因為太忙了，而忘了告知您。

1316
包帯を換える。
▶ 更換包紮帶。

1317
刺身を包丁でていねいに切った。
▶ 我用刀子謹慎地切生魚片。

1318
方法しだいで、結果が違ってきます。
▶ 因方法不同，結果也會不同。

1319
彼の家を訪問するにつけ、昔のことを思い出す。
▶ 每次去拜訪他家，就會想起以往的種種。

1320 □	ぼうりょく 【暴力】	名 暴力，武力
1321 □	ほお 【頬】	名 頰，臉蛋 類 ほほ
1322 □	ボーナス 【bonus】	名 特別紅利，花紅；獎金，額外津貼，紅利
1323 □	ホーム 【platform之略】	名 月台 類 プラットホーム
1324 □	ホームページ 【homepage】	名 網站，網站首頁
1325 □	ホール 【hall】	名 大廳；舞廳；（有舞台與觀眾席的）會場
1326 □	ボール 【ball】	名 球；（棒球）壞球
1327 □	ほけんじょ 【保健所】	名 保健所，衛生所
1328 □	ほけんたいいく 【保健体育】	名 （國高中學科之一）保健體育
1329 □	ほっと	副・自サ 嘆氣貌；放心貌 類 安心する（あんしんする）
1330 □	ポップス 【pops】	名 流行歌，通俗歌曲（「ポピュラーミュージック」之略）

1320
暴力禁止法案。
▶ 嚴禁暴力法案。

1321
この子はいつもほおが赤い。
▶ 這孩子的臉蛋總是紅通通的。

1322
ボーナスが出る。
▶ 發獎金。

1323
ホームに入ってくる快速列車に飛び込みました。
▶ 趁快速列車即將進站時，一躍而下（跳軌自殺）。

1324
ホームページを作る。
▶ 架設網站。

ほ

1325
新しいホールもさることながら、庭の配置もすばらしい。
▶ 嶄新的大廳已很豪華氣派，但巧妙的庭園設計亦不遑多讓。

1326
サッカーボール。
▶ 足球。

1327
野良犬が保健所の人に連れて行かれました。
▶ 野狗被衛生中心的人員帶走了。

1328
保健体育の授業が一番好きです。
▶ 我最喜歡上健康體育課。

1329
父が今日を限りにたばこをやめたので、ほっとした。
▶ 聽到父親決定從明天起要戒菸，著實鬆了一口氣。

1330
80年代のポップスが最近またはやり始めた。
▶ 最近又開始流行起八〇年代的流行歌了。

1331 ☐	ほね 【骨】	⑧ 骨頭；費力氣的事
1332 ☐	ホラー 【horror】	⑧ 恐怖，戰慄
1333 ☐	ボランティア 【volunteer】	⑧ 志願者，志工
1334 ☐	ポリエステル 【polyethylene】	⑧（化學）聚乙稀，人工纖維
1335 ☐	ぼろぼろ（な）	⑧·副·形動（衣服等）破爛不堪；（粒狀物）散落貌 ⑲ ぽろぽろ
1336 ☐	ほんじつ 【本日】	⑧ 本日，今日 ⑲ 今日
1337 ☐	ほんだい 【本代】	⑧ 買書錢
1338 ☐	ほんにん 【本人】	⑧ 本人 ⑲ 当人（とうにん）
1339 ☐	ほんねん 【本年】	⑧ 本年，今年 ⑲ 今年
1340 ☐	ほんの	連體 不過，僅僅，一點點 ⑲ 少し
ま 1341 ☐	まい 【毎】	接頭 毎

1331
骨が折れる。
▶ 費力氣。

1332
ホラー映画は好きじゃありません。
▶ 不大喜歡恐怖電影。

1333
地震の被災地に大勢のボランティアが駆けつけた。
▶ 大批志工趕到了地震的災區。

1334
ポリエステルの服は汗をほとんど吸いません。
▶ 人造纖維的衣服幾乎都不吸汗。

1335
ぼろぼろな財布ですが、お気に入りのものなので捨てられません。
▶ 我的錢包雖然已經變得破破爛爛的了，可是因為很喜歡，所以捨不得丟掉。

1336
こちらが本日のお薦めのメニューでございます。
▶ 這是今日的推薦菜單。

1337
一ヶ月の本代は3000円ぐらいです。
▶ 我每個月大約花三千日圓買書。

1338
本人であることを確認してからでないと、書類を発行できません。
▶ 如尚未確認他是本人，就沒辦法發放這份文件。

1339
昨年はお世話になりました。本年もよろしくお願いいたします。
▶ 去年承蒙惠予照顧，今年還望您繼續關照。

1340
ほんの少ししかない。
▶ 只有一點點。

1341
毎朝、牛乳を飲む。
▶ 每天早上，喝牛奶。

1342 ☐ T53	マイク 【mike】	名 麥克風
1343 ☐	マイクロホン 【microphone】	名·自他サ 麥克風，話筒
1344 ☐	マイナス 【minus】	名·他サ （數）減，減法；減號；負數；負極； （溫度）零下 反 プラス 類 差し引く（さしひく）
1345 ☐	マウス 【mouse】	名 滑鼠；老鼠 類 ねずみ
1346 ☐	まえもって 【前もって】	副 預先，事先
1347 ☐	まかせる 【任せる】	他下一 委託，託付；聽任，隨意；盡力，盡量 類 委託（いたく）
1348 ☐	まく 【巻く】	自五·他五 形成漩渦；喘不上氣來；捲；纏繞； 上發條；捲起；包圍；（登山）迂迴繞過險 處；（連歌，俳諧）連吟 類 丸める
1349 ☐	まくら 【枕】	名 枕頭
1350 ☐	まけ 【負け】	名 輸，失敗；減價；（商店送給客戶的）贈品 反 勝ち 類 敗（はい）
1351 ☐	まげる 【曲げる】	他下一 彎，曲；歪，傾斜；扭曲，歪曲；改 變，放棄；（當舖裡的）典當；偷，竊 類 折る
1352 ☐	まご 【孫】	名·造語 孫子；隔代，間接

1342
彼は、カラオケでマイクを握ると夢中で歌い出す。
▶ 一旦他握起麥克風，就會忘我地開唱。

1343
声が聞きにくいので、マイクロホンを用いてください。
▶ 因為沒辦法清楚地聽到您的聲音，麻煩請使用麥克風。

1344
この問題は、わが社にとってマイナスになるに決まっている。
▶ 這個問題，對我們公司而言肯定是個負面影響。

1345
マウスを持ってくるのを忘れました。
▶ 我忘記把滑鼠帶來了。

1346
行こうと行くまいと、必ず前もって通知してください。
▶ 無論去或不去，請務必事先知會。

1347
この件については、あなたに任せます。
▶ 關於這一件事，就交給你了。

1348
紙を筒状に巻く。
▶ 把紙捲成筒狀。

1349
枕につく。
▶ 就寢，睡覺。

1350
今回は、私の負けです。
▶ 這次是我輸了。

1351
腰を曲げる。
▶ 彎腰。

1352
孫がかわいくてしょうがない。
▶ 孫子真是可愛極了。

1353 ☐	まさか	副（後接否定語氣）絕不…，總不會…，難道；萬一，一旦 類 いくら何でも
1354 ☐	まざる 【混ざる】	自五 混雜，夾雜 類 混入（こんにゅう）
1355 ☐	まざる 【交ざる】	自五 混雜，交雜，夾雜 類 交じる（まじる）
1356 ☐	まし（な）	形動 強，勝過
1357 ☐	まじる 【混じる・交じる】	自五 夾雜，混雜；加入，交往，交際 類 混ざる（まざる）
1358 ☐	マスコミ 【mass communication之略】	名 （透過報紙、廣告、電視或電影等向群眾進行的）大規模宣傳；媒體（「マスコミュニケーション」的簡稱）
1359 ☐	マスター 【master】	名・他サ 老闆；精通
1360 ☐	ますます 【益々】	副 越發，益發，更加 類 どんどん
1361 ☐	まぜる 【混ぜる】	他下一 混入；加上，加進；攪，攪拌 類 混ぜ合わせる
1362 ☐	まちがい 【間違い】	名 錯誤，過錯；不確實
1363 ☐	まちがう 【間違う】	他五・自五 做錯，搞錯；錯誤 類 誤る（あやまる）

1353
まさか彼が来るとは思わなかった。
▶ 萬萬也沒料到他會來。

1354
いろいろな絵の具が混ざって、不思議な色になった。
▶ 裡面夾帶著多種水彩，呈現出很奇特的色彩。

1355
ハマグリのなかにアサリが一つ交ざっていました。
▶ 在這鍋蚌的裡面摻進了一顆蛤蜊。

1356
もうちょっとましな番組を見たらどうですか。
▶ 你難道不能看比較像樣一些的電視節目嗎？

1357
ご飯の中に石が交じっていた。
▶ 米飯裡面摻雜著小的石子。

1358
マスコミに追われているところを、うまく逃げ出せた。
▶ 順利擺脫了蜂擁而上的採訪媒體。

1359
日本語をマスターしたい。
▶ 我想精通日語。

1360
若者向けの商品が、ますます増えている。
▶ 迎合年輕人的商品是越來越多。

1361
ビールとジュースを混ぜるとおいしいです。
▶ 將啤酒和果汁加在一起很好喝。

1362
間違いを直す。
▶ 改正錯誤。

1363
緊張のあまり、字を間違ってしまいました。
▶ 太過緊張，而寫錯了字。

1364 □	まちがえる【間違える】	他下一 錯；弄錯
1365 □	まっくら【真っ暗】	名・形動 漆黑；（前途）黯淡
1366 □	まっくろ【真っ黒】	名・形動 漆黑，烏黑
1367 □	まつげ【まつ毛】	名 睫毛
1368 □ T54	まっさお【真っ青】	名・形動 蔚藍，深藍；（臉色）蒼白
1369 □	まっしろ【真っ白】	名・形動 雪白，淨白，皓白
1370 □	まっしろい【真っ白い】	形 雪白的，淨白的，皓白的
1371 □	まったく【全く】	副 完全，全然；實在，簡直；（後接否定）絕對，完全 類 少しも
1372 □	まつり【祭り】	名 祭祀；祭日，廟會祭典
1373 □	まとまる【纏まる】	自五 解決，商訂，完成，談妥；湊齊，湊在一起；集中起來，概括起來，有條理 類 調う（ととのう）
1374 □	まとめる【纏める】	他下一 解決，結束；總結，概括；匯集，收集；整理，收拾 類 整える（ととのえる）

1364
先生は、間違えたところを直してくださいました。
▶ 老師幫我訂正了錯誤的地方。

1365
真っ暗になる。
▶ 變得漆黑。

1366
日差しで真っ黒になった。
▶ 被太陽晒得黑黑的。

1367
まつ毛がよく抜けます。
▶ 我常常掉睫毛。

1368
真っ青な顔をしている。
▶ 變成鐵青的臉。

1369
頭の中が真っ白になる。
▶ 腦中一片空白。

1370
真っ白い雪が降ってきた。
▶ 下起雪白的雪來了。

1371
全く知らない人だ。
▶ 素不相識的人。

1372
祭りに出かける。
▶ 去參加節日活動。

1373
意見がまとまり次第、政府に提出する。
▶ 等意見一致之後，再提交政府。

1374
クラス委員を中心に、意見をまとめてください。
▶ 請以班級委員為中心，整理一下意見。

ま

1375 □	まどり 【間取り】	名（房子的）房間佈局，採間，平面佈局
1376 □	マナー 【manner】	名 禮貌，規矩；態度舉止，風格 類 礼儀（れいぎ）
1377 □	まないた 【まな板】	名 切菜板
1378 □	まにあう 【間に合う】	自五 來得及，趕得上；夠用 類 役立つ（やくだつ）
1379 □	まにあわせる 【間に合わせる】	連語 臨時湊合，就將；使來得及，趕出來
1380 □	まねく 【招く】	他五（搖手、點頭）招呼；招待，宴請；招 聘，聘請；招惹，招致 類 迎える（むかえる）
1381 □	まねる 【真似る】	他下一 模效，仿效 類 似せる
1382 □	まぶしい 【眩しい】	形 耀眼，刺眼的；華麗奪目的，鮮豔的，刺目 類 輝く（かがやく）
1383 □	まぶた 【瞼】	名 眼瞼，眼皮 類 眼瞼（がんけん）
1384 □	マフラー 【muffler】	名 圍巾；（汽車等的）滅音器
1385 □	まもる 【守る】	他五 保衛，守護；遵守，保守；保持（忠 貞）；（文）凝視 類 保護（ほご）

1375
このマンションは、間取りはいいですが、日当たりがよくない。
▶ 雖然這棟大廈的隔間還不錯，但是採光不太好。

1376
食事のマナーは国毎に違います。
▶ 各個國家的用餐禮儀都不同。

1377
プラスチックより木材のまな板のほうが好きです。
▶ 比起塑膠砧板，我比較喜歡木材砧板。

1378
タクシーに乗らなくちゃ、間に合わないですよ。
▶ 要是不搭計程車，就來不及了唷！

1379
心配いりません。提出締切日には間に合わせます。
▶ 不必擔心，我一定會在截止期限之前繳交的。

1380
大使館のパーティーに招かれた。
▶ 我受邀到大使館的派對。

1381
彼の声はとても不思議な声で、真似たくても真似ようがない。
▶ 他的聲音非常奇怪，就算想模仿也模仿不來。

1382
日の光が入ってきて、彼は眩しげに目を細めた。
▶ 陽光射進，他刺眼般地瞇起了眼睛。

1383
瞼を閉じると、思い出が浮かんできた。
▶ 闔上眼瞼，回憶則一一浮現。

1384
暖かいマフラーをくれた。
▶ 人家送了我暖和的圍巾。

1385
秘密を守る。
▶ 保密。

1386 □	まゆげ【眉毛】	名 眉毛
1387 □	まよう【迷う】	自五 迷，迷失；困惑；迷戀；（佛）執迷；（古）（毛線、線繩等）絮亂，錯亂 反 悟る（さとる）　類 惑う（まどう）
1388 □	まよなか【真夜中】	名 三更半夜，深夜 類 夜 反 真昼
1389 □	マヨネーズ【mayonnaise】	名 美乃滋，蛋黃醬
1390 □	まる【丸】	名・造語・接頭・接尾 圓形，球狀；句點；完全
1391 □	まるで	副（後接否定）簡直，全部，完全；好像，宛如，恰如 類 さながら
1392 □	まわり【回り】	名・接尾 轉動；走訪，巡迴；周圍；周，圈 類 身の回り
1393 □ T55	まわり【周り】	名 周圍，周邊 類 周囲（しゅうい）
1394 □	マンション【mansion】	名 公寓大廈；（高級）公寓
1395 □	まんぞく【満足】	名・自他サ・形動 滿足，令人滿意的，心滿意足；滿足，符合要求；完全，圓滿 反 不満　類 満悦（まんえつ）
み 1396 □	みおくり【見送り】	名 送行；靜觀，觀望；（棒球）放著好球不打 反 迎え 類 送る

1386
息子の眉毛は主人にそっくりです。
▶ 兒子的眉毛和他爸爸長得一模一樣。

1387
山の中で道に迷う。
▶ 在山上迷路。

1388
大きな声が聞こえて、真夜中に目が覚めました。
▶ 我在深夜被提高嗓門說話的聲音吵醒了。

1389
マヨネーズはカロリーが高いです。
▶ 美奶滋的熱量很高。

1390
丸を書く。
▶ 畫圈圈。

1391
90歳の人からすれば、私はまるで孫のようなものです。
▶ 從90歲的人的眼裡來看，我宛如就像是孫子一般。

1392
日本の回りは全部海です。
▶ 日本四面環海。

1393
周りの人のことを気にしなくてもかまわない。
▶ 不必在乎周圍的人也沒有關係！

1394
高級マンションに住む。
▶ 住高級大廈。

1395
父はそれを聞いて、満足げにほほ笑みました。
▶ 父親聽到那件事，便滿足地微笑了一下。

1396
彼の見送り人は50人以上いた。
▶ 給他送行的人有50人以上。

1397 □	みかける 【見掛ける】	他下一 看到，看出，看見；開始看
1398 □	みかた 【味方】	名・自サ 我方，自己的這一方；夥伴
1399 □	ミシン 【sewingmachine之略】	名 縫紉機
1400 □	ミス 【Miss】	名 小姐，姑娘 類 嬢（じょう）
1401 □	ミス 【miss】	名・自サ 失敗，錯誤，差錯 類 誤り（あやまり）
1402 □	みずたまもよう 【水玉模様】	名 小圓點圖案
1403 □	みそしる 【味噌汁】	名 味噌湯
1404 □	ミュージカル 【musical】	名 音樂劇；音樂的，配樂的 類 芝居
1405 □	ミュージシャン 【musician】	名 音樂家 類 音楽家
1406 □	みょう 【明】	接頭 （相對於「今」而言的）明
1407 □	みょうごにち 【明後日】	名 後天 類 明後日（あさって）

1397
あの赤い頭の人をよく駅で見かける。
▶ 常可在車站裡看到那個頂著一頭紅髮的人。

1398
いつも君の味方だ。
▶ 我永遠站在你這邊。

1399
ミシンで着物を縫い上げる。
▶ 用縫紉機縫好一件和服。

1400
ミス・ワールド日本代表に挑みたいと思います。
▶ 我想當世界小姐選美的日本代表。

1401
どんなに言い訳しようとも、ミスはミスだ。
▶ 不管如何狡辯，失誤就是失誤！

み

1402
娘は水玉模様の洋服を集めています。
▶ 女兒熱衷於蒐集圓點圖案的衣服。

1403
味噌汁を作る。
▶ 煮味噌湯。

1404
舞台よりミュージカルの方が好きです。
▶ 比起舞台劇表演，我比較喜歡看歌舞劇。

1405
小学校の同級生がミュージシャンになりました。
▶ 我有位小學同學成為音樂家了。

1406
明日のご予定は。
▶ 你明天的行程是？

1407
明後日は文化の日につき、休業いたします。
▶ 基於後天是文化日，歇業一天。

1408 ☐	みょうごねん 【明後年】	名 後年
1409 ☐	みょうじ 【名字・苗字】	名 姓，姓氏
1410 ☐	みょうねん 【明年】	名 明年 類 来年
1411 ☐	みらい 【未来】	名 將來，未來；（佛）來世
1412 ☐	ミリ 【(法)millimetre 之略】	造語·名 毫，千分之一；毫米，公厘
1413 ☐	みる 【診る】	他上一 診察
1414 ☐	ミルク 【milk】	名 牛奶；煉乳
1415 ☐	みんかん 【民間】	名 民間；民營，私營
1416 ☐	みんしゅ 【民主】	名 民主，民主主義
む 1417 ☐	むかい 【向かい】	名 正對面 類 正面（しょうめん）
1418 ☐	むかえ 【迎え】	名 迎接；去迎接的人；接，請 反 見送り（みおくり） 類 歓迎（かんげい）

1408

明後年は大学創立50周年です。

▶ 後年是大學創立五十週年。

1409

名字が変わる。

▶ 改姓。

1410

明年、祖母は100歳になります。

▶ 祖母明年就一百歲了。

1411

未来を予測する。

▶ 預測未來。

1412

1時間100ミリの豪雨。

▶ 一小時下100毫米的雨。

1413

患者を診る。

▶ 看診。

1414

ミルクチョコレート。

▶ 牛奶巧克力。

1415

民間人。

▶ 民間老百姓。

1416

民主主義。

▶ 民主主義。

1417

向かいの家には、誰が住んでいますか。

▶ 誰住在對面的房子？

1418

迎えの車が、なかなか来ません。

▶ 接送的車遲遲不來。

み

1419 ☐ T56	むき 【向き】	名 方向；適合，合乎；認真，慎重其事；傾向，趨向；（該方面的）人，人們 類 方向（ほうこう）
1420 ☐	むく 【向く】	自五・他五 朝，向，面；傾向，趨向；適合；面向，著 類 対する（たいする）
1421 ☐	むく 【剥く】	他五 剝，削 類 薄く切る（うすくきる）
1422 ☐	むける 【向ける】	自他下一 向，朝，對；差遣，派遣；撥用，用在 類 差し向ける（さしむける）
1423 ☐	むける 【剥ける】	自下一 剝落，脫落
1424 ☐	むじ 【無地】	名 素色 類 地味（じみ）
1425 ☐	むしあつい 【蒸し暑い】	形 悶熱的 類 暑苦しい（あつくるしい）
1426 ☐	むす 【蒸す】	他五・自五 蒸，熱（涼的食品）；（天氣）悶熱 類 蒸かす（ふかす）
1427 ☐	むすう 【無数】	名・形動 無數
1428 ☐	むすこさん 【息子さん】	名 （尊稱他人的）令郎 反 お嬢さん 類 令息（れいそく）
1429 ☐	むすぶ 【結ぶ】	他五・自五 連結，繫結；締結關係，結合，結盟；（嘴）閉緊，（手）握緊 反 解く　類 締結する（ていけつする）

1419
この雑誌は若い女性向きです。
▶ 這本雜誌是以年輕女性為取向。

1420
右を向く。
▶ 向右。

1421
りんごを剥いてあげましょう。
▶ 我替你削蘋果皮吧。

1422
銃を男に向けた。
▶ 槍指向男人。

1423
ジャガイモの皮が簡単にむける方法を知っていますか。
▶ 你知道可以輕鬆剝除馬鈴薯皮的妙招嗎？

む

1424
色を問わず、無地の服が好きだ。
▶ 不分顏色，我喜歡素面的衣服。

1425
昼間は蒸し暑いから、朝のうちに散歩に行った。
▶ 因白天很悶熱，所以趁早晨去散步。

1426
肉まんを蒸して食べました。
▶ 我蒸了肉包來吃。

1427
無数の星。
▶ 無數的星星。

1428
息子さんのお名前を教えてください。
▶ 請教令郎的大名。

1429
契約を結ぶのに先立ち、十分に話し合った。
▶ 在簽下合約前，我們有好好的溝通過。

1430 ☐	むだ 【無駄】	名·形動 徒勞，無益；浪費，白費 類 無益（むえき）
1431 ☐	むちゅう 【夢中】	名·形動 夢中，在睡夢裡；不顧一切，熱中，沉醉，著迷 類 熱中（ねっちゅう）
1432 ☐	むね 【胸】	名 胸部；內心
1433 ☐	むらさき 【紫】	名 紫，紫色；醬油；紫丁香
1434 ☐	めい 【名】	名·接頭 知名…
1435 ☐	めい 【名】	接尾 （計算人數）名，人
1436 ☐	めい 【姪】	名 姪女，外甥女
1437 ☐	めいし 【名刺】	名 名片 類 刺
1438 ☐	めいれい 【命令】	名·他サ 命令，規定；（電腦）指令 類 指令（しれい）
1439 ☐	めいわく 【迷惑】	名·自サ 麻煩，煩擾；為難，困窘；討厭，妨礙，打擾 類 困惑（こんわく）
1440 ☐	めうえ 【目上】	名 上司；長輩 反 目下（めした） 類 年上

め

1430
かれ せっとく むだ
彼を説得しようとしても無駄だよ。
▶ 你說服他是白費口舌的。

1431
けいば むちゅう
競馬に夢中になる。
▶ 沈迷於賭馬。

1432
むね いた
胸が痛む。
▶ 胸痛；痛心。

1433
この いろ むらさき
好みの色は紫です。
▶ 喜歡紫色。

1434
とうきょう めいぶつ おし
東京の名物を教えてください。
▶ 請告訴我東京的名產是什麼。

む

1435
さんめいひとくみ
三名一組。
▶ 三個人一組。

1436
きょう めい たんじょうび
今日は姪の誕生日。
▶ 今天是姪子的生日。

1437
めいし こうかんかい しゅっせき
名刺交換会に出席した。
▶ 我出席了名片交換會。

1438
じょうし めいれい したが
上司の命令には、従わざるをえません。
▶ 不得不遵從上司的命令。

1439
ひと めいわく
人に迷惑をかけるな。
▶ 不要給人添麻煩。

1440
めうえ ひと けいご つか ふつう
目上の人に敬語を使うのが普通です。
▶ 一般來說對上司（長輩）講話時要用敬語。

1441 ☐	めくる 【捲る】	他五 翻，翻開；揭開，掀開
1442 ☐	メッセージ 【message】	名 電報，消息，口信；致詞，祝詞；（美國總統）咨文 類 伝言（でんごん）
1443 ☐	メニュー 【menu】	名 菜單
1444 ☐	メモリー・メモリ 【memory】	名 記憶，記憶力；懷念；紀念品；（電腦）記憶體 類 思い出
1445 ☐	めん 【綿】	名・漢造 棉，棉線；棉織品；綿長；詳盡；棉，棉花 類 木綿（もめん）
1446 ☐	めんきょ 【免許】	名・他サ （政府機關）批准，許可；許可證，執照；傳授秘訣 類 ライセンス
1447 ☐ T57	めんせつ 【面接】	名・自サ （為考察人品、能力而舉行的）面試，接見，會面 類 面会
1448 ☐	めんどう 【面倒】	名・形動 麻煩，費事；繁瑣，棘手；照顧，照料 類 厄介（やっかい）
1449 ☐	もうしこむ 【申し込む】	他五 提議，提出；申請；報名；訂購；預約 類 申し入れる（もうしいれる）
1450 ☐	もうしわけない 【申し訳ない】	寒暄 實在抱歉，非常對不起，十分對不起
1451 ☐	もうふ 【毛布】	名 毛毯，毯子

も

1441
彼女はさっきから見るともなしに、雑誌をぱらぱらめくっている。
▶ 她打從剛剛根本就沒在看雜誌，只是有一搭沒一搭地隨手翻閱。

1442
続きましては卒業生からのメッセージです。
▶ 接著是畢業生致詞。

1443
レストランのメニュー。
▶ 餐廳的菜單。

1444
メモリーが不足しているので、写真が保存できません。
▶ 由於記憶體空間不足，所以沒有辦法儲存照片。

1445
綿のセーターを探しています。
▶ 我在找棉質的毛衣。

め

1446
時間があるうちに、車の免許を取っておこう。
▶ 趁有空時，先考個汽車駕照。

1447
面接をしてみたところ、優秀な人材がたくさん集まりました。
▶ 舉辦了面試，結果聚集了很多優秀的人才。

1448
手伝おうとすると、彼は面倒げに手を振って断った。
▶ 本來要過去幫忙，他卻一副嫌礙事般地揮手說不用了。

1449
結婚を申し込む。
▶ 求婚。

1450
申し訳ない気持ちで一杯だ。
▶ 心中充滿歉意。

1451
毛布をかける。
▶ 蓋上毛毯。

1452 □	もえる 【燃える】	自下一 燃燒，起火；（轉）熱情洋溢，滿懷希望；（轉）顏色鮮明 類 燃焼する（ねんしょうする）
1453 □	もくてき 【目的】	名 目的，目標 類 目当て（めあて）
1454 □	もくてきち 【目的地】	名 目的地
1455 □	もしかしたら	連語・副 或許，萬一，可能，說不定 類 ひょっとしたら
1456 □	もしかして	連語・副 或許，可能 類 たぶん
1457 □	もしかすると	副 也許，或，可能 類 もしかしたら
1458 □	もち 【持ち】	接尾 負擔、持有、持久性
1459 □	もったいない	形 可惜的，浪費的；過份的，惶恐的，不敢當 類 残念（ざんねん）
1460 □	もどり 【戻り】	名 恢復原狀；回家；歸途
1461 □	もむ 【揉む】	他五 搓，揉；捏，按摩；（很多人）互相推擠；爭辯；（被動式型態）錘鍊，受磨練 類 按摩する（あんまする）
1462 □	もも 【股・腿】	名 股，大腿

1452
紙が燃える。
▶ 紙燃燒了起來。

1453
情報を集めるのが、彼の目的に決まっているよ。
▶ 他的目的一定是蒐集情報啊。

1454
目的地に着く。
▶ 抵達目的地。

1455
もしかしたら、貧血ぎみなのかもしれません。
▶ 可能有一點貧血的傾向。

1456
さっきの電話、もしかして伊藤さんからじゃないですか。
▶ 剛剛那通電話，該不會是伊藤先生打來的吧？

も

1457
もしかすると、手術をすることなく病気を治せるかもしれない。
▶ 或許不用手術就能治好病情也說不定。

1458
彼は妻子持ちだ。
▶ 他有家室。

1459
もったいないことに、残った食べ物は全部捨てるのだそうです。
▶ 真是浪費，聽說要把剩下來的食物全部丟掉的樣子。

1460
お戻りは何時ぐらいになりますか。
▶ 請問您大約什麼時候回來呢？

1461
肩をもんであげる。
▶ 我幫你按摩肩膀。

1462
膝が悪い人は、腿の筋肉を鍛えるとよいですよ。
▶ 膝蓋不好的人，鍛鍊腿部肌肉有助於復健喔！

1463 ☐	もやす 【燃やす】	他五 燃燒；（把某種情感）燃燒起來，激起 類 焼く（やく）
1464 ☐	もん 【問】	接尾 （計算問題數量）題
1465 ☐	もんく 【文句】	名 詞句，語句；不平或不滿的意見，異議 類 愚痴（ぐち）
1466 ☐	やかん 【夜間】	名 夜間，夜晚 類 夜
1467 ☐	やくす 【訳す】	他五 翻譯；解釋 類 翻訳する
1468 ☐	やくだつ 【役立つ】	自五 有用，有益 類 有益（ゆうえき）
1469 ☐	やくだてる 【役立てる】	他下一 （供）使用，使…有用 類 利用
1470 ☐	やくにたてる 【役に立てる】	慣 （供）使用，使…有用 類 有用（ゆうよう）
1471 ☐ T58	やちん 【家賃】	名 房租
1472 ☐	やぬし 【家主】	名 房東，房主；戶主 類 大家
1473 ☐	やはり・やっぱり	副 果然；還是，仍然 類 果たして（はたして）

1463
それを燃やすと、悪いガスが出るおそれがある。
▶ 燒那個的話，有可能會產生有毒氣體。

1464
5問のうち4問は正解だ。
▶ 五題中對四題。

1465
みんな文句を言いつつも、仕事をやり続けた。
▶ 大家雖邊抱怨，但還是繼續做工作。

1466
夜間は危険なので外出しないでください。
▶ 晚上很危險不要外出。

1467
英語を訳すことにかけては、誰にも負けません。
▶ 就翻譯英文這一點上，我絕不輸任何人。

も

1468
パソコンの知識が就職に非常に役立った。
▶ 電腦知識對就業很有幫助。

1469
これまでに学んだことを実社会で役立てて下さい。
▶ 請將過去所學到的知識技能，在真實社會裡充分展現發揮。

1470
社会の役に立てる会社を目指しています。
▶ 我們正努力使公司成為對社會有貢獻的企業。

1471
家賃が高い。
▶ 房租貴。

1472
うちの家主はとてもいい人です。
▶ 我們房東人很親切。

1473
やっぱり、がんばってみます。
▶ 我還是再努力看看。

1474 ☐	やね 【屋根】	名 屋頂
1475 ☐	やぶる 【破る】	他五 弄破；破壞；違反；打敗；打破（記錄） 類 突破する（とっぱする）
1476 ☐	やぶれる 【破れる】	自下一 破損，損傷；破壞，破裂，被打破；失敗 類 切れる（きれる）
1477 ☐	やめる 【辞める】	他下一 辭職；休學
1478 ☐	やや	副 稍微，略；片刻，一會兒 類 少し
1479 ☐	やりとり 【やり取り】	名・他サ 交換，互換，授受
1480 ☐	やるき 【やる気】	名 幹勁，想做的念頭
1481 ☐	ゆうかん 【夕刊】	名 晚報
1482 ☐	ゆうき 【勇気】	形動 勇敢 類 度胸（どきょう）
1483 ☐	ゆうしゅう 【優秀】	名・形動 優秀
1484 ☐	ゆうじん 【友人】	名 友人，朋友 類 友達

ゆ

1474	屋根から落ちる。
□	▶ 從屋頂掉下來。

1475	警官はドアを破って入った。
□	▶ 警察破門而入。

1476	上着がくぎに引っ掛かって破れた。
□	▶ 上衣被釘子鉤破了。

1477	仕事を辞める。
□	▶ 辭掉工作。

1478	スカートがやや短すぎると思います。
□	▶ 我覺得這件裙子有點太短。

や

1479	友達と手紙のやり取りをした。
□	▶ 和朋友保持通信聯繫。

1480	彼はやる気はありますが、実力がありません。
□	▶ 他雖然幹勁十足，但是缺乏實力。

1481	夕刊を購読する。
□	▶ 訂閱晚報。

1482	彼には、彼女に声をかける勇気はあるまい。
□	▶ 他大概沒有跟她講話的勇氣吧。

1483	優秀な人材。
□	▶ 優秀的人才。

1484	多くの友人に助けてもらいました。
□	▶ 我受到許多朋友的幫助。

1485 ☐	ゆうそう 【郵送】	名·他サ 郵寄 類 送る
1486 ☐	ゆうそうりょう 【郵送料】	名 郵費
1487 ☐	ゆうびん 【郵便】	名 郵政；郵件
1488 ☐	ゆうびんきょくいん 【郵便局員】	名 郵局局員
1489 ☐	ゆうり 【有利】	形動 有利
1490 ☐	ゆか 【床】	名 地板
1491 ☐	ゆかい 【愉快】	名·形動 愉快，暢快；令人愉快，討人喜歡；令人意想不到 類 楽しい
1492 ☐	ゆずる 【譲る】	他五 讓給，轉讓；謙讓，讓步；出讓，賣給；改日，延期 類 与える（あたえる）
1493 ☐	ゆたか 【豊か】	形動 豐富，寬裕；豐盈；十足，足夠 反 乏しい（とぼしい） 類 十分
1494 ☐	ゆでる 【茹でる】	他下一 （用開水）煮，燙
1495 ☐	ゆのみ 【湯飲み】	名 茶杯，茶碗 類 湯呑み茶碗

1485

プレゼントを郵送（ゆうそう）したところ、住所（じゅうしょ）が違（ちが）っていて戻（もど）ってきてしまった。

▶ 將禮物用郵寄寄出，結果地址錯了就被退了回來。

1486

速達（そくたつ）で送（おく）ると、郵送料（ゆうそうりょう）は高（たか）くなります。

▶ 如果以限時急件寄送，郵資會比較貴。

1487

郵便（ゆうびん）が来（く）る。

▶ 寄來郵件。

1488

電話（でんわ）をすれば、郵便局員（ゆうびんきょくいん）が小包（こづつみ）を取（と）りに来（き）てくれますよ。

▶只要打個電話，郵差就會來取件代寄包裏喔。

1489

有利（ゆうり）な情報（じょうほう）。

▶ 有利的情報。

1490

床（ゆか）を拭（ふ）く。

▶ 擦地板。

1491

お酒（さけ）なしでは、みんなと愉快（ゆかい）に楽（たの）しめない。

▶ 如果沒有酒，就沒辦法和大家一起愉快的享受。

1492

彼（かれ）は老人（ろうじん）じゃないから、席（せき）を譲（ゆず）ることはない。

▶ 他又不是老人，沒必要讓位給他。

1493

小論文（しょうろんぶん）のテーマは「豊（ゆた）かな生活（せいかつ）について」でした。

▶短文寫作的題目是「關於豐裕的生活」。

1494

よく茹（ゆ）でて、熱（あつ）いうちに食（た）べてください。

▶ 請將這煮熟後，再趁熱吃。

1495

お茶（ちゃ）を飲（の）みたいので、湯飲（ゆの）みを取（と）ってください。

▶ 我想喝茶，請幫我拿茶杯。

ゆ

1496 T59	ゆめ 【夢】	名 夢；夢想 反 現実 類 ドリーム
1497	ゆらす 【揺らす】	他五 搖擺，搖動 類 動揺（どうよう）
1498	ゆるす 【許す】	他五 允許，批准；寬恕；免除；容許；承認；委託；信賴；疏忽，放鬆；釋放 反 禁じる 類 許可する
1499	ゆれる 【揺れる】	自下一 搖晃，搖動；躊躇 類 揺らぐ（ゆらぐ）
1500	よ 【夜】	名 夜、夜晚
1501	よい 【良い】	形 好的，出色的；漂亮的；（同意）可以
1502	よいしょ	感 （搬重物等吆喝聲）嘿咻
1503	よう 【様】	造語・漢造 樣子，方式；風格；形狀
1504	ようじ 【幼児】	名 學齡前兒童，幼兒 類 赤ん坊
1505	ようび 【曜日】	名 星期
1506	ようふくだい 【洋服代】	名 服裝費 類 衣料費

よ

1496
彼は、まだ甘い夢を見続けている。
▶ 他還在做天真浪漫的美夢！

1497
揺りかごを揺らすと、赤ちゃんが喜びます。
▶ 只要推晃搖籃，小嬰兒就會很開心。

1498
外出が許される。
▶ 准許外出。

1499
大きい船は、小さい船ほど揺れない。
▶ 大船不像小船那麼會搖晃。

1500
夏の夜は短い。
▶ 夏夜很短。

1501
良い友に恵まれる。
▶ 遇到益友。

1502
「よいしょ」と立ち上がる。
▶ 一聲「嘿咻」就站了起來。

1503
様子。
▶ 樣子。

1504
私は幼児教育に従事している。
▶ 我從事於幼兒教育。

1505
今日、何曜日。
▶ 今天星期幾？

1506
子どもたちの洋服代に月２万円もかかります。
▶ 我們每個月會花高達兩萬日圓添購小孩們的衣物。

ゆ

1507 ☐	よく 【翌】	漢造 次，翌，第二
1508 ☐	よくじつ 【翌日】	名 隔天，第二天 類 明日 反 昨日
1509 ☐	よせる 【寄せる】	自下一・他下一 靠近，移近；聚集，匯集，集中；加；投靠，寄身 類 近づく
1510 ☐	よそう 【予想】	名・自サ 預料，預測，預計 類 予測
1511 ☐	よのなか 【世の中】	名 人世間，社會；時代，時期；男女之情 類 世間（せけん）
1512 ☐	よぼう 【予防】	名・他サ 預防 類 予め（あらかじめ）
1513 ☐	よみ 【読み】	名 唸，讀；訓讀；判斷，盤算
1514 ☐	よる 【寄る】	自五 順道去…；接近 類 近寄る
1515 ☐	よろこび 【喜び】	名 高興，歡喜，喜悅；喜事，喜慶事；道喜，賀喜 反 悲しみ 類 祝い事（いわいごと）
1516 ☐	よわまる 【弱まる】	自五 變弱，衰弱
1517 ☐	よわめる 【弱める】	他下一 減弱，削弱

1507
翌日（よくじつ）は休日（きゅうじつ）。
▶ 隔天是假日。

1508
必（かなら）ず翌日（よくじつ）の準備（じゅんび）をしてから寝（ね）ます。
▶ 一定會先做好隔天出門前的準備才會睡覺。

1509
討論会（とうろんかい）に先立（さきだ）ち、皆様（みなさま）の意見（いけん）をお寄（よ）せください。
▶ 在討論會開始前，請先集中大家的意見。

1510
こうした問題（もんだい）の発生（はっせい）は、予想（よそう）するに難（かた）くない。
▶ 不難預測會發生這樣的問題。

1511
世（よ）の中（なか）の動（うご）きに伴（ともな）って、考（かんが）え方（かた）を変（か）えなければならない。
▶ 隨著社會的變化，想法也得要改變才行。

1512
病気（びょうき）の予防（よぼう）に関（かん）しては、保健所（ほけんじょ）に聞（き）いてください。
▶ 關於生病的預防對策，請你去問保健所。

1513
読（よ）み方（かた）。
▶ 唸法。

1514
彼（かれ）は、会社（かいしゃ）の帰（かえ）りに喫茶店（きっさてん）に寄（よ）りたがります。
▶ 他回公司途中總喜歡順道去咖啡店。

1515
どんなに小（ちい）さいことにしろ、私（わたし）たちには喜（よろこ）びです。
▶ 即使是再怎麼微不足道的事，對我們而言都是種喜悅。

1516
悪政（あくせい）が続（つづ）き、改革（かいかく）の意志（いし）すら、弱（よわ）まっている。
▶ 接二連三的錯誤政策，甚至逐漸削弱了改革意志。

1517
水（みず）の量（りょう）が多（おお）すぎると、洗剤（せんざい）の効果（こうか）を弱（よわ）めることになる。
▶ 如果水量太多，將會減弱洗潔劑的效果。

ら	1518 □	ら【等】	接尾 （表示複數）們；（同類型的人或物）等
	1519 □	らい【来】	接尾 以來
	1520 □	ライター【lighter】	名 打火機
	1521 □ T60	ライト【light】	名 燈，光
	1522 □	らく【楽】	名·形動·漢造 快樂，安樂，快活；輕鬆，簡單；富足，充裕 類 気楽（きらく）
	1523 □	らくだい【落第】	名·自サ 不及格，落榜，沒考中；留級 反 合格 類 不合格
	1524 □	ラケット【racket】	名 （網球、乒乓球等的）球拍
	1525 □	ラッシュ【rush】	名 （眾人往同一處）湧現；蜂擁，熱潮 類 混雑（こんざつ）
	1526 □	ラッシュアワー【rushhour】	名 尖峰時刻，擁擠時段
	1527 □	ラベル【label】	名 標籤，籤條
	1528 □	ランチ【lunch】	名 午餐

1518
君らは何年生？
▶ 你們是幾年級？

1519
10年来。
▶ 10年以來。

1520
ライターで火をつける。
▶ 用打火機點火。

1521
ライトを点ける。
▶ 點燈。

1522
生活が、以前に比べて楽になりました。
▶ 生活比過去快活了許多。

1523
彼は落第したので、悲しげなようすだった。
▶ 他因為落榜了，所以很難過的樣子。

1524
ラケットを張りかえた。
▶ 重換網球拍。

1525
28日ごろから帰省ラッシュが始まります。
▶ 從二十八號左右就開始湧現返鄉人潮。

1526
ラッシュアワーに遇う。
▶ 遇上交通尖峰。

1527
警告用のラベルを貼ったところで、事故は防げない。
▶ 就算張貼警告標籤，也無法防堵意外發生。

1528
ランチタイム。
▶ 午餐時間。

ら

1529 □	らんぼう【乱暴】	名·形動·自サ 粗暴，粗魯；蠻橫，不講理；胡來，胡亂，亂打人 類 暴行（ぼうこう）
り 1530 □	リーダー【leader】	名 領袖，指導者，隊長
1531 □	りか【理科】	名 理科（自然科學的學科總稱）
1532 □	りかい【理解】	名·他サ 理解，領會，明白；體諒，諒解 反 誤解（ごかい） 類 了解（りょうかい）
1533 □	りこん【離婚】	名·自サ （法）離婚
1534 □	リサイクル【recycle】	名 回收，（廢物）再利用
1535 □	リビング【living】	名 起居間，生活間
1536 □	リボン【ribbon】	名 緞帶，絲帶；髮帶；蝴蝶結
1537 □	りゅうがく【留学】	名·自サ 留學
1538 □	りゅうこう【流行】	名·自サ 流行，時髦，時興；蔓延 類 はやり
1539 □	りょう【両】	漢造 雙，兩

1529
彼の言い方は乱暴で、びっくりするほどだった。
▶ 他的講話很粗魯，嚴重到令人吃驚的程度。

1530
山田さんは登山隊のリーダーになった。
▶ 山田先生成為登山隊的隊長。

1531
理科系に進むつもりだ。
▶ 準備考理科。

1532
あなたの考えは、理解しがたい。
▶ 你的想法，我實在難以理解。

1533
二人は協議離婚した。
▶ 兩個人是調解離婚的。

1534
このトイレットペーパーは牛乳パックをリサイクルして作ったものです。
▶ 這種衛生紙是以牛奶盒回收再製而成的。

1535
伊藤さんのお宅のリビングには大きな絵が飾ってあります。
▶ 伊藤先生的住家客廳掛著巨幅畫作。

1536
リボンを付ける。
▶ 繫上緞帶。

1537
アメリカに留学する。
▶ 去美國留學。

1538
去年はグレーが流行したかと思ったら、今年はピンクですか。
▶ 還在想去年是流行灰色，今年是粉紅色啊？

1539
橋の両側。
▶ 橋樑兩側。

ら

1540 □	りょう 【料】	接尾 費用，代價
1541 □	りょう 【領】	名・接尾・漢造 領土；脖領；首領
1542 □	りょうがえ 【両替】	名・他サ 兌換，換錢，兌幣
1543 □	りょうがわ 【両側】	名 兩邊，兩側，兩方面 類 両サイド
1544 □	りょうし 【漁師】	名 漁夫，漁民 類 漁夫（ぎょふ）
1545 □	りょく 【力】	漢造（也唸「りき」）力量
る 1546 □	ルール 【rule】	名 規章，章程；尺，界尺 類 規則（きそく）
1547 □	るすばん 【留守番】	名 看家，看家人
れ 1548 □ T61	れい 【礼】	名・漢造 禮儀，禮節，禮貌；鞠躬；道謝，致謝；敬禮；禮品 類 礼儀（れいぎ）
1549 □	れい 【例】	名・漢造 慣例；先例；例子
1550 □	れいがい 【例外】	名 例外 類 特別

1540
入場料。
▶ 入場費用。

1541
北方領土。
▶ 北方領土。

1542
円をドルに両替する。
▶ 日圓兌換美金。

1543
川の両側は崖だった。
▶ 河川的兩側是懸崖。

1544
漁師の仕事をしています。
▶ 我從事漁夫的工作。

り

1545
実力がある。
▶ 有實力。

1546
外国人は、交通ルールを無視するきらいがある。
▶ 外國人具有漠視當地交通規則的傾向。

1547
留守番をする。
▶ 看家。

1548
いろいろしてあげたのに、礼さえ言わない。
▶ 我幫他那麼多忙，他卻連句道謝的話也不說。

1549
前例のない快挙。
▶ 破例的壯舉。

1550
例外に関しても、きちんと決めておこう。
▶ 我們也來好好規範一下例外的處理方式吧。

1551 ☐	れいぎ 【礼儀】	名 禮儀，禮節，禮法，禮貌 類 礼節（れいせつ）
1552 ☐	レインコート 【raincoat】	名 雨衣
1553 ☐	レシート 【receipt】	名 收據；發票 類 領収書（りょうしゅうしょ）
1554 ☐	れつ 【列】	名·漢造 列，隊列，隊；排列；行，列，級，排 類 行列（ぎょうれつ）
1555 ☐	れっしゃ 【列車】	名 列車，火車 類 汽車
1556 ☐	レベル 【level】	名 水平，水準；水平線；水平儀 類 平均、水準（すいじゅん）
1557 ☐	れんあい 【恋愛】	名·自サ 戀愛 類 恋
1558 ☐	れんぞく 【連続】	名·他サ·自サ 連續，接連 類 引き続く（ひきつづく）
1559 ☐	レンタル 【rental】	名 出租，出賃；租金
1560 ☐	レンタルりょう 【rental料】	名 租金 類 借り賃（かりちん）
ろ 1561 ☐	ろうじん 【老人】	名 老人，老年人 類 年寄り（としより）

1551
彼は、外見に反して、礼儀正しい青年でした。
▶ 跟外表不同，其實是他是位端正有禮的青年。

1552
レインコートを忘れた。
▶ 忘了帶雨衣。

1553
レシートがあれば返品できますよ。
▶ 有收據的話就可以退貨喔。

1554
列が長いか短いかにかかわらず、私は並びます。
▶ 無論排隊是長是短，我都要排。

1555
列車に乗り遅れたにせよ、ちょっと来るのが遅すぎませんか。
▶ 就算你沒趕上火車，你是不是也來得太慢了點？

1556
中国は生活のレベルが驚くほど高まってきた。
▶ 中國在生活水準有了驚人的提高。

1557
恋愛については彼は本当に鈍感きわまりない。
▶ 在戀愛方面他真的遲鈍到不行。

1558
わが社は、創立して以来、3年連続黒字である。
▶ 打從本公司創社以來，就連續了三年的盈餘。

1559
車をレンタルして、旅行に行くつもりです。
▶ 我打算租輛車去旅行。

1560
ウエディングドレスのレンタル料は一着15万円です。
▶ 結婚禮服的租借費是每套十五萬日圓。

1561
老人は楽しげに、「はっはっは」と笑った。
▶ 老人快樂地「哈哈哈」笑了出來。

1562	ローマじ 【Roma 字】	名 羅馬字，拉丁字母
1563	ろくおん 【録音】	名·他サ 録音
1564	ろくが 【録画】	名·他サ 録影
1565	ロケット 【rocket】	名 火箭發動機；（軍）火箭彈；狼煙火箭
1566	ロッカー 【locker】	名 （公司、機關用可上鎖的）文件櫃；（公共場所用可上鎖的）置物櫃，置物箱，櫃子
1567	ロック 【lock】	名·他サ 鎖，鎖上，閉鎖 類 鍵
1568	ロボット 【robot】	名 機器人；自動裝置；傀儡
1569	ろん 【論】	名 論，議論
1570	ろんじる・ろんずる 【論じる・論ずる】	他上一 論，論述，闡述 類 論争する（ろんそうする）
1571	わ 【羽】	接尾 （數鳥或兔子）隻
1572	わ 【和】	名 和，人和；停止戰爭，和好

わ

1562
□
ローマ字表。
▶ 羅馬字表。

1563
□
彼は録音のエンジニアだ。
▶ 他是録音工程師。

1564
□
大河ドラマを録画しました。
▶ 我已經把大河劇錄下來了。

1565
□
ロケットで飛ぶ。
▶ 乘火箭飛行。

1566
□
ロッカーに入れる。
▶ 放進置物櫃裡。

ろ

1567
□
ロックが壊れて、事務所に入れません。
▶ 事務所的門鎖壞掉了，我們沒法進去。

1568
□
家事をしてくれるロボットがほしいです。
▶ 我想要一個會幫忙做家事的機器人。

1569
□
その論の立て方はおかしい。
▶ 那一立論方法很奇怪。

1570
□
事の是非を論じる。
▶ 論述事情的是非。

1571
□
鶏が一羽いる。
▶ 有一隻雞。

1572
□
平和主義。
▶ 和平主義。

1573 □ T62	ワイン 【wine】	名 葡萄酒；水果酒；洋酒
1574 □	わが 【我が】	連體 我的，自己的，我們的
1575 □	わがまま	名·形動 任性，放肆，肆意 類 自分勝手（じぶんかって）
1576 □	わかもの 【若者】	名 年輕人，青年 類 青年 反 年寄り
1577 □	わかれ 【別れ】	名 別，離別，分離；分支，旁系 類 分離（ぶんり）
1578 □	わかれる 【分かれる】	自下一 分裂；分離，分開；區分，劃分；區別
1579 □	わく 【沸く】	自五 煮沸，煮開；興奮 類 沸騰（ふっとう）
1580 □	わける 【分ける】	他下一 分，分開；區分，劃分；分配，分給； 分開，排開，擠開 類 分割する（ぶんかつする）
1581 □	わずか 【僅か】	副·形動（數量、程度、價值、時間等）很少， 僅僅；一點也（後加否定） 類 微か（かすか）
1582 □	わび 【詫び】	名 賠不是，道歉，表示歉意 類 謝罪（しゃざい）
1583 □	わらい 【笑い】	名 笑；笑聲；嘲笑、譏笑，冷笑 類 微笑み（ほほえみ）

1573
☐

ワイングラスを傾（かたむ）ける。
▶ 酒杯傾斜。

1574
☐

我（わ）が国（くに）。
▶ 我國。

1575
☐

あなたがわがままなことを言（い）わないかぎり、彼（かれ）は怒（おこ）りませんよ。
▶ 只要你不說些任性的話，他就不會生氣。

1576
☐

最近（さいきん）、若者（わかもの）たちの間（あいだ）で農業（のうぎょう）の人気（にんき）が高（たか）まっている。
▶ 最近農業在年輕人間很受歡迎。

1577
☐

別（わか）れが悲（かな）しくて、泣（な）かずにはいられなかった。
▶ 離別過於悲傷，忍不住地哭了出來。

1578
☐

意見（いけん）が分（わ）かれる。
▶ 意見產生分歧。

わ

1579
☐

お湯（ゆ）が沸（わ）いたから、ガスをとめてください。
▶ 水煮開了，請把瓦斯關掉。

1580
☐

5回（かい）に分（わ）けて支払（しはら）う。
▶ 分五次支付。

1581
☐

貯金（ちょきん）があるといっても、わずか20万円（まんえん）にすぎない。
▶ 雖說有存款，但也只不過是僅僅的20萬日圓而已。

1582
☐

丁寧（ていねい）なお詫（わ）びの言葉（ことば）をいただいて、却（かえ）って恐縮（きょうしゅく）いたしました。
▶ 對方畢恭畢敬的賠禮，反倒讓我不敢當。

1583
☐

おかしくて、笑（わら）いが止（と）まらないほどだった。
▶ 實在是太好笑了，好笑到停不下來。

1584 ☐	わり 【割り・割】	造語 分配；（助數詞用）十分之一，一成；比例；得失 類 パーセント
1585 ☐	わりあい 【割合】	名 比例；比較起來 類 比率（ひりつ）
1586 ☐	わりあて 【割り当て】	名 分配，分擔
1587 ☐	わりこむ 【割り込む】	自五 擠進，插隊；闖進；插嘴
1588 ☐	わりざん 【割り算】	名 （算）除法 類 掛け算
1589 ☐	わる 【割る】	他五 打，劈開；用除法計算
1590 ☐	わん 【湾】	名 灣，海灣
1591 ☐	わん 【椀・碗】	名 碗，木碗；（計算數量）碗

1584
いくら４割引きとはいえ、やはりブランド品は高い。
▶ 即使已經打了四折，名牌商品依然非常昂貴。

1585
肥満だとガン死の割合が高い。
▶ 肥胖的人死於癌症的機率較高。

1586
仕事の割り当てをする。
▶ 分派工作。

1587
列に割り込んできた。
▶ 插隊進來了。

1588
小さな子どもに、割り算は難しいよ。
▶ 對年幼的小朋友而言，除法很難。

1589
卵を割る。
▶ 打破蛋。

1590
東京湾に、船がたくさん停泊している。
▶ 東京灣裡停靠著許多船隻。

1591
一椀の吸い物。
▶ 一碗日式清湯。

わ

MEMO

日語

單字

自學

中高階版 Step 3

第一回　新制日檢模擬考題
第二回　新制日檢模擬考題
第三回　新制日檢模擬考題

＊以「國際交流基金日本國際教育支援協會」的「新しい『日本語能
力試験』ガイドブック」為基準的三回「文字・語彙　模擬考題」

問題1　漢字讀音問題 應試訣竅

　　這道題型要考的是漢字讀音問題，出題形式改變了一些，但考點是一樣的。問題預估為8題。

　　漢字讀音分音讀跟訓讀，預估音讀跟訓讀將各佔一半的分數。音讀中要注意的有濁音、長短音、促音、撥音…等問題。而日語固有讀法的訓讀中，也要注意特殊的讀音單字。當然，發音上有特殊變化的單字，出現比率也不低。我們歸納分析一下：

1. 音讀：接近國語發音的音讀方法。如：「花」唸成「か」、「犬」唸成「けん」。

2. 訓讀：日本原來就有的發音。如：「花」唸成「はな」、「犬」唸成「いぬ」。

3. 熟語：由兩個以上的漢字組成的單字。如：練習、切手、每朝、見本等。

　　　　其中還包括日本特殊的固定讀法，就是所謂的「熟字訓読み」。如：「小豆」（あずき）、「土産」（みやげ）、「海苔」（のり）等。

4. 發音上的變化：字跟字結合時，產生發音上變化的單字。如：春雨（はるさめ）、反応（はんのう）、酒屋（さかや）等。

問題1 ＿＿＿＿のことばの読み方として最もよいものを1・2・3・4から
一つ選びなさい。

1 ここの景色は、いつ見ても最高です。
　　1 けいいろ　　　　　2 けいしょく　　3 けしき　　　　4 けいしき

2 伊藤さんは非常に熱心に発音のれんしゅうをしています。
　　1 ひじょう　　　　　2 ひじょお　　　3 ひじょ　　　　4 ひしょう

3 私が納得し得る説明をしてくださいませんか。
　　1 なつとく　　　　　2 のうとく　　　3 なとく　　　　4 なっとく

4 医学に興味がありますが、医学部入るのはとてもむずかしいです。
　　1 きょおみ　　　　　2 きょふみ　　　3 きょうみ　　　4 きょみ

5 会社の周りはちかてつもあり、交通がとても便利です。
　　1 まはり　　　　　　2 まわり　　　　3 まはあり　　　4 まわあり

6 優勝を祝って、チームのみんなと乾杯しました。
　　1 さわって　　　　　2 うたって　　　3 あたって　　　4 いわって

7 警察にもきかれましたが、あのお嬢さんとわたしは何の関係もありません。
　　1 おしょうさん　　　2 おぼうさん　　3 おひめさん　　4 おじょうさん

8 タクシーの運転手さんに住所をいい間違えた。
　　1 まちかえた　　　　2 まてがえた　　3 まちがえた　　4 までがえた

問題2　漢字書寫問題 應試訣竅

這道題型要考的是漢字書寫問題，出題形式改變了一些，但考點是一樣的。問題預估為6題。

這道題要考的是音讀漢字跟訓讀漢字，預估將各佔一半的分數。音讀漢字考點在識別詞的同音異字上，訓讀漢字考點在掌握詞的意義，及該詞的表記漢字上。

解答方式，首先要仔細閱讀全句，從句意上判斷出是哪個詞，浮想出這個詞的表記漢字，確定該詞的漢字寫法。也就是根據句意確定詞，根據詞意來確定字。如果只看畫線部分，很容易張冠李戴，要小心喔。

問題2 ＿＿＿＿のことばを漢字で書くとき、最もよいものを１・２・３・４
から一つ選びなさい。

9 われわれは<u>しぜん</u>の恩恵を受けて生きているのだから、感謝しなければなり
ません。
1 天然 2 自然 3 天燃 4 自燃

10 今日からタイプを<u>とくべつ</u>練習することにしました。
1 得別 2 特別 3 侍別 4 特另

11 夏休みの<u>けいかく</u>については、あとでお父さんと相談します。
1 計画 2 什画 3 辻画 4 汁画

12 陽気で誰とでもすぐに仲良くなれる子だから、ここを<u>はなれて</u>も笑顔でやっ
ていくでしょう。
1 遠れて 2 別れて 3 離れて 4 隔れて

13 発想の<u>ゆたかな</u>人が周りにいると、良い刺激をうけることができる。
1 豊 2 豊な 3 豊かな 4 豊たかな

14 ３年生の学生は２時になったら講堂に<u>あつまって</u>ください。
1 集まって 2 寄まって 3 合まって 4 群って

　　這道題型要考的是選擇符合文脈的詞彙問題。這是延續舊制的出題方式，問題預估為11題。

　　這道題主要測試考生是否能正確把握詞義，如類義詞的區別運用能力，及能否掌握日語的獨特用法或固定搭配等等。預測名詞、動詞、形容詞、副詞的出題數都有一定的配分。另外，外來語也估計會出一題，要多注意。

　　由於我們的國字跟日本的漢字之間，同形同義字占有相當的比率，這是我們得天獨厚的地方。但相對的也存在不少的同形不同義的字，這時候就要注意，不要太拘泥於國字的含義，而混淆詞義。應該多從像「自覚が足りない」（覺悟不夠）、「絶対安静」（得多靜養）、「口が堅い」（口風很緊）等日語固定的搭配，或獨特的用法來做練習才是。這樣才能加深對詞義的理解、並達到豐富詞彙量的目的。

問題3　（　　　　　）に入れるのに最もよいものを、1・2・3・4から一つ選びなさい。

15　退職したら、田舎に帰って（　　　　）した生活を送りたい。
　1　のんびり　　　　2　のろのろ　　　3　まごまご　　　4　うっかり

16　おとうさんは50歳をすぎてからだんだん（　　　）だしました。
　1　増え　　　　　2　太り　　　　　3　壊れ　　　　4　足り

17　教会に（　　　）つづけて、もう15年になります。
　1　むかえ　　　　2　かよい　　　　3　けいけんし　　4　とおり

18　ストレスが（　　　）と、体に色々な症状が出てきます。
　1　ためる　　　　2　とどまる　　　3　たまる　　　　4　たくわえる

19 きょうは寒いので（　　　）にします。

1　スリッパ　　　　2　セーター　　　　3　サンダル　　　　4　ガソリン

20 母への（　　　）を選び終わったら、食事にしましょうか。

1　コンサート　　　2　プレゼント　　　3　グラム　　　　4　エレベーター

21 うちの猫は暗くてせまいところに入りたがりますが、（　　　）ですか。

1　りゆう　　　　　2　げんいん　　　　3　なぜ　　　　　4　わけ

22 夫婦として（　　　）やっていくにはどうすればいいのでしょうか。

1　うまく　　　　　2　あまく　　　　　3　ほしく　　　　4　すごく

23 家族で（　　　）が見えるホテルに泊まろうと思う。

1　おみやげ　　　　2　もめん　　　　　3　みずうみ　　　4　いっぱん

24 （　　　）を送ったのに、届いていなかったようです。

1　いいわけ　　　　2　でんごん　　　　3　でんわ　　　　4　でんぽう

25 半分も使わずに捨ててしまうなんて、（　　　）といったらないですよ。

1　でたらめ　　　　2　のろい　　　　　3　やかましい　　4　もったいない

這道題型要考的是替換同義詞的問題，這是延續舊制的出題方式，問題預估為 5 題。

這道題的題目會給一個較難的詞彙，請考生從四個選項中，選出意思相近的詞彙來。選項中的詞彙一般比較簡單。也就是把難度較高的詞彙，改成較簡單的詞彙。

預測名詞、動詞、形容詞、副詞的出題數都有一定的配分。另外，外來語估計也會出一題，要多注意。

針對這道題，準備的方式是，將詞義相近的字一起記起來。這樣，透過聯想記憶來豐富詞彙量，並提高答題速度。

問題4 ＿＿＿＿のことばに最も近いものを、1・2・3・4から一つ選びなさい。

26 時々寒い日があるので、まだストーブは<u>しまって</u>いません。
1　つかって　　　　2　もちいて　　　3　かたづけて　　4　すませて

27 伊藤さんのコミュニケーションの技術は<u>大したもの</u>だ。
1　おおきい　　　　2　すごい　　　　3　じゅうぶん　　4　いだい

28 先輩として<u>アドバイス</u>するとしたら、みなさんにはぜひ柔軟性を身につけてほしいですね。
1　責任　　　　　　2　忠告　　　　　3　指導　　　　　4　説明

29 この広告の主な<u>狙い</u>は、若者の関心を引くことにあります。
1　役割　　　　　　2　目標　　　　　3　役目　　　　　4　目的

30 どういう状況でけがをしたのか、<u>おおよその</u>様子を話してください。
1　はっきりとした　2　だいたいの　　3　ほぼの　　　　4　本当の

> 這道題型要考的是判斷詞彙正確用法的問題，這是延續舊制的出題方式，問題預估為 5 題。
>
> 詞彙在句子中怎樣使用才是正確的，是這道題主要的考點。預測名詞、動詞、形容詞、副詞的出題數都有一定的配分。名詞以2個漢字組成的詞彙為主，動詞有漢字跟純粹假名的，副詞就舊制的出題形式來看，也有一定的比重。
>
> 針對這一題型，該怎麼準備呢？方法是，平常背詞彙的時候，多看例句，多唸幾遍例句，最好是把單字跟例句一起背起來。這樣，透過仔細觀察單字在句中的用法與搭配的形容詞、動詞、副詞…等，可以有效增加自己的「日語語感」。而該詞彙是否適合在該句子出現，很容易就能感覺出來了。

問題 5　つぎのことばの使い方として最もよいものを、1・2・3・4から一つ選びなさい。

[31] かみ

　1　かみがずいぶん長くなったので、切ろうと思います。

　2　ご飯を食べた後はかみをきれいに磨きます。

　3　小さいごみがかみに入って、痛いです。

　4　風邪を引かないように家に着いたら、かみを洗いましょう。

[32] ひろう

　1　鈴木さんがかわいいギターを私にひろいました。

　2　学校へ行く途中500円ひろいました。

　3　いらなくなった本は友達にひろいます。

　4　燃えないごみは火曜日の朝にひろいます。

33 たおれる

1 今日は道が<u>たおれ</u>やすいので、気をつけてね。

2 高校の横の大きな木が<u>たおれ</u>ました。

3 コンピューターが水に濡れて<u>たおれ</u>てしまいました。

4 消しゴムが机から<u>たおれ</u>ました。

34 もっとも

1 意見を言っても、<u>もっとも</u>聞いてもらえないなら、言うだけ無駄でしょう。

2 <u>もっとも</u>だから、普段あまり食べられないものをいただきましょうよ。

3 冷静に考えれば、彼女が反発を覚えるのも<u>もっとも</u>です。

4 日帰り旅行でも、家族と一緒に行ければ、それだけで<u>もっとも</u>嬉しいです。

35 少なくとも

1 この対策で<u>少なくとも</u>効果が出るとは限らない。

2 事件の影響を受けて、<u>少なくとも</u>5000万円の損失が見込まれている。

3 人気の俳優が出演していると言っても、<u>少なくとも</u>面白い作品だろう。

4 彼は製品の特徴どころか、<u>少なくとも</u>商品名さえ覚えていない。

問題1　＿＿＿＿のことばの読み方として最もよいものを１・２・３・４から一つ選びなさい。

1 あには<u>政治</u>や法律を勉強しています。

　1　せいじ　　　　2　せえじ　　　　3　せっじ　　　　4　せじ

2 <u>信用</u>していたからこそ、裏切られた悲しみが、次第に恨みにかわっていった。

　1　しんよう　　　2　しよう　　　　3　しいよう　　　4　しうよう

3 どういうわけか<u>夜間</u>のほうが日中より集中して、暗記することができます。

　1　やま　　　　　2　よるま　　　　3　やかん　　　　4　よるかん

4 警官に<u>事故</u>のことをいろいろ話しました。

　1　じこう　　　　2　じっこ　　　　3　じこ　　　　　4　じこお

5 火事の<u>原因</u>は煙草だと分かりました。

　1　げえいん　　　2　げんいん　　　3　げへいん　　　4　げえい

6 朝から<u>首</u>の具合がわるいので、病院に行きたいです。

　1　くび　　　　　2　ぐび　　　　　3　くひ　　　　　4　ぐひ

7 引っ越し会社の工員から上手な運搬の方法を<u>教わった</u>ところです。

　1　おさわった　　2　おしわった　　3　おせわった　　4　おそわった

8 社長からの贈り物は今夜<u>届く</u>ことになっています

　1　ととく　　　　2　どどく　　　　3　どとく　　　　4　とどく

問題2 _____のことばを漢字で書くとき、最もよいものを1・2・3・4から一つ選びなさい。

9 台風のせいで水道も<u>でんき</u>もとまってしまいました。

1　電池　　　　　　2　電気　　　　　3　電機　　　　　4　電器

10 送別会が始まると同時に、卒業生が立ち上がって、先生に向かって<u>おじぎ</u>をした。

1　お辞儀　　　　　2　お自儀　　　　　3　お辞義　　　　　4　お辞議

11 作品ごとに<u>くべつ</u>して、書道はこちら、彫刻はあちらに展示しています。

1　区別　　　　　　2　区分　　　　　3　工別　　　　　4　工分

12 <u>まぶた</u>を閉じると、悲劇がまるで昨日のことのように浮かんできます。

1　瞳　　　　　　　2　目　　　　　　3　眼　　　　　　4　瞼

13 私の家では夕食の時間は8時と<u>きまっています</u>。

1　決っています　　　　　　　　　　2　決ています

3　決まっています　　　　　　　　　4　決めています

14 太鼓のリズムに合わせて、幕が少しずつ<u>おろされ</u>ます。

1　垂ろされ　　　　2　下ろされ　　　3　落ろされ　　　4　卸ろされ

問題3 （　　　　　）に入れるのに最もよいものを、1・2・3・4から一
つ選びなさい。

15 台風のせいで、水は止まるし、（　　　　　）し、散々な一日でした。
　1 ていしゃする　　2 ていしする　　3 ていでんする　4 きゅうがくする

16 勉強しているところ、（　　　　　）してすみません。
　1 不便　　　　　　2 適当　　　　　　3 邪魔　　　　　4 複雑

17 珍しいものがたくさん展示してあると聞いたので、ちょっと（　　　　　）させ
てくださいませんか。
　1 紹介　　　　　　2 拝見　　　　　　3 案内　　　　　4 用意

18 どこからかパンを（　　　　　）匂いがします。
　1 やける　　　　　2 かわく　　　　　3 わかす　　　　4 やく

19 部品に問題があることが分かったので、発売日が（　　　　　）ことになりまし
た。
　1 変化する　　　　2 変化される　　　3 変更する　　　4 変更される

20 どの（　　　　　）を使うか今日中に決めなくちゃいけない。
　1 アルバイト　　　2 テキスト　　　　3 サンドイッチ　　　4 テスト

21 今から明日提出する（　　　　　）の資料をさがして、まとめないといけませ
ん。
　1 レポート　　　　2 リード　　　　　3 クリーニング　　　4 サイン

22 学ぶことの（　　　）がやっと分かってきました。

1　おかしさ　　　　2　たのしさ　　　3　さびしさ　　　4　うまさ

23 こんな平和な時代に、（　　　）戦争が起きるなんて、夢にも思わなかった。

1　まさか　　　　　2　もしかすると　3　まさに　　　4　さすが

24 出かけようと思っていたところ、私の（　　　）がお腹が痛いといいだした。

1　むすめ　　　　　2　じんこう　　　3　ぼく　　　　4　ひと

25 彼女ができてからというもの、山田君はずいぶん（　　　）が悪くなった。

1　交際　　　　　　2　付き合い　　　3　往復　　　　4　交流

問題4 ＿＿＿＿のことばに最も近いものを、1・2・3・4から一つ選びな
さい。

26 幼稚園児にはこのスカートはやや大きい。
1 ずいぶん 　　　　2 かなり 　　　　3 少し 　　　　4 相当

27 冷ましてから食べた方が、味が良く染みておいしいですよ。
1 こごえて 　　　　2 ふるえて 　　　　3 こおらせて 　　4 つめたくして

28 野球の場内アナウンスをやらせてもらいました。
1 案内 　　　　2 放送 　　　　3 警備 　　　　4 裁判

29 プールに入る人は、壁に貼ってある決まりを守らなければいけません。
1 義務 　　　　2 決定 　　　　3 注文 　　　　4 規則

30 小犬がしきりに足を動かしている。
1 たちまち 　　　2 ごういんに 　　3 そっと 　　　4 絶えず

問題5　つぎのことばの使い方として最もよいものを、1・2・3・4から一つ選びなさい。

---

31 おれい

1　すみません。私の間違いでした。ここに<u>おれい</u>させていただきます。

2　合格できたのはあなたのおかげです。ぜひ<u>おれい</u>させてください。

3　駅まで鈴木さんを<u>おれい</u>にいってきます。

4　事故にあった友人の<u>おれい</u>に病院へ行きます。

---

32 つつむ

1　そこにある野菜を全部なべに<u>つつんで</u>ください。

2　旅行の荷物は全部かばんに<u>つつみましょうね。</u>

3　プレゼントをきれいな紙で<u>つつみました</u>。

4　お店の品物は棚に<u>つつんで</u>あります。

---

33 あく

1　水曜日なら時間が<u>あいて</u>います。

2　お腹がとても<u>あいたので</u>、なにか食べたいです。

3　テストの点数が<u>あいたので</u>お母さんに怒られました。

4　風邪を引いてすこし<u>あいて</u>しまったようです。

---

34 果たして

1　吹雪は今夜から<u>果たして</u>ひどくなるでしょう。

2　教授の指示通りにすれば、実験が<u>果たして</u>成功するはずです。

3　摂取するカロリーを制限して、夏までに体重を<u>果たして</u>45キロにします。

4　この成績で<u>果たして</u>希望する大学に合格できるのだろうか。

[35] ますます

1 映画館の入り口で<u>ますます</u>大学時代の友人に会って、びっくりしました。

2 機器を最新のものに取り換えたおかげで、<u>ますます</u>仕事の効率が<u>上</u>がりました。

3 10時間に及んだ手術が<u>ますます</u>終了するそうです。

4 種を植えて、大切に育てたトマトを昨日<u>ますます</u>収穫しました。

問題1 _____のことばの読み方として最もよいものを1・2・3・4から一つ選びなさい。

1　30歳という年齢の割に、彼は驚くほど幼稚です。
1　ようぢ　　　　　2　ようち　　　　　3　よおち　　　　　4　よっち

2　さきほどの手品は誰にも真似できない高度なものだそうです。
1　まに　　　　　　2　しんに　　　　　3　もことに　　　　4　まね

3　どうやら希望したとおり、薬局に就職することができそうです。
1　しゅしょく　　　2　しゅうじょく　　3　しゅうしょく　　4　しゅっしょく

4　経済のことなら伊藤さんに伺ってください。彼の専門ですから。
1　せんも　　　　　2　せえもん　　　　3　せいもん　　　　4　せんもん

5　世界のいろんなところで戦争があります。
1　せんそお　　　　2　せんぞう　　　　3　せんそう　　　　4　せんそ

6　母が郵送してくれた箱の中身は、産地直送の果実でした。
1　なかしん　　　　2　ちゅうしん　　　3　なかみ　　　　　4　ちゅうみ

7　母は隣の寺の木を大切に育てています。
1　おてら　　　　　2　てら　　　　　　3　おでら　　　　　4　おってら

8　大きな鏡が応接間のよこにかけてあります。
1　がかみ　　　　　2　かかみ　　　　　3　かがみ　　　　　4　かっかみ

問題2 ＿＿＿＿のことばを漢字で書くとき、最もよいものを１・２・３・４から一つ選びなさい。

9 芝居があまりに下手だったので、盛り上がるはずの<u>ばめん</u>も静かなものでした。

　　1　場面　　　　　　2　馬面　　　　　3　場緬　　　　4　場所

10 <u>おしょうがつ</u>には食卓にお餅が上ります。

　　1　お明月　　　　　2　お正月　　　　3　お疋月　　　4　お互月

11 この１ヶ月の間に<u>たいじゅう</u>が５キロも増加してしまいました。

　　1　体積　　　　　　2　体重　　　　　3　休重　　　　4　体熏

12 大きな地震がおきて、たくさんの家が<u>こわれました</u>。

　　1　損れました　　　2　壊れました　　3　破れました　　4　障れました

13 このままだと、弟に<u>おいこされて</u>しまうんじゃないかしら。

　　1　抜越されて　　　2　追い越されて　　3　通り越されて　　4　追い超されて

14 <u>いなか</u>のほうが都会より安全といえますか。

　　1　田舎　　　　　　2　村里　　　　　3　田園　　　　4　港町

問題3 （　　　　）に入れるのに最もよいものを、1・2・3・4から一つ選びなさい。

15 ざんねんですが、入学説明会へのしゅっせきは（　　　）させていただきます。

1　遠慮　　　　　　　2　考慮　　　　　3　利用　　　　　4　心配

16 忘れたいことを（　　　）しまった。

1　起こして　　　　　2　捕まえて　　　3　思って　　　4　思い出して

17 古いカメラですが、（　　　）するまで使いつづけるつもりです。

1　しっぱい　　　　　2　ゆしゅつ　　　3　りよう　　　4　こしょう

18 もしあと1時間遅く病院についていたら、（　　　）でしょうと言われました。

1　助からなかった　2　助けなかった　3　望めなかった　4　望まなかった

19 おにぎりを作るご飯はもう（　　　）ある？

1　ゆでて　　　　　　2　炊いて　　　　3　煮て　　　　4　焦げて

20 高校生になったら（　　　）をしたいとかんがえています。

1　オートバイ　　　　2　アルバイト　　3　テキスト　　4　テニスコート

21 明日の待ち合わせ場所は駅の改札にしますか。それとも（　　　）にしますか。

1　プラスチック　　　　　　　　　2　プラットホーム

3　パターン　　　　　　　　　　　4　セメント

22 こちらが今日の（　　　）メニューでございます。

　1　しんせつ　　　　2　だいじ　　　　　3　とくべつ　　　4　じゅうぶん

23 注意しても（　　　）親のいうことを聞きません。

　1　きっと　　　　　2　ちっとも　　　　3　だいたい　　　4　とうとう

24 娘は反抗期に入ったのか、あれがいい、これが嫌だと（　　　）を言うように
なりました。

　1　皮肉　　　　　　2　問い　　　　　　3　わがまま　　　4　独り言

25 私が手を振って（　　　）したら、撮影を開始してください。

　1　看板　　　　　　2　合図　　　　　　3　目印　　　　　4　標識

問題4 _____のことばに最も近いものを、1・2・3・4から一つ選びな
さい。

26 もし遠足が延期になったら、それはそれでやっかいだ。
　　1 からっぽ　　　　　2 いたずら　　　　3 いじわる　　　　4 めんどう

27 春から転勤されることは、鈴木より承っております。
　　1 係って　　　　　　2 話して　　　　　3 聞いて　　　　4 拝んで

28 スポーツでプロ選手とアマチュア選手の違いってどこだと思いますか。
　　1 専門家　　　　　　2 達人　　　　　　3 玄人　　　　　4 愛好家

29 こういう柄のシャツは珍しいから、少しぐらい高くても買いたいです。
　　1 色　　　　　　　　2 模様　　　　　　3 スタイル　　　4 様子

30 何度も話し合いを重ねて、ようやく計画の方向が見えてきました。
　　1 たちまち　　　　　2 おそらく　　　　3 やっと　　　　4 きっと

問題5　つぎのことばの使い方として最もよいものを、1・2・3・4から
　　　　一つ選びなさい。

31　したぎ
1　したぎの下にセーターを着るとあたたかいです。
2　太陽が強い日はしたぎをかぶりなさい。
3　したぎを右と左、はき間違えました。
4　したぎは毎日かえなさい。

32　たな
1　すみません、たなからお茶碗をとってくれませんか。
2　スーパーで買ってきたお肉やお魚はたなに入れてあります。
3　どうぞたなに座ってゆっくりしてください。
4　ご飯ができましたから、たなに運んでいただきましょう。

33　ふえる
1　よく食べるので、だんだん体がふえてきました。
2　成績がふえたのでお父さんが褒めてくれました。
3　政治に興味がない人がふえています。
4　最近ガソリンの値段がふえました。

34　所々
1　長い間休んでいないので、今月は休暇を所々とることにします。
2　彼は家族や友人など所々の人にとても愛されています。
3　孫が遊びに来ると、所々遊園地に行ったり動物園に行ったりします。
4　所々空席が見られますが、初日としては観客も多く、好調な出だしといえる
　　でしょう。

35 まるで

1 解決してしまうと、あんなに悩んでいたのが<u>まるで</u>嘘のように感じられます。

2 フランス語が話せると言っても、<u>まるで</u>簡単な挨拶ができるだけです。

3 さっきテレビに映っていたのは、<u>まるで</u>おじいちゃんに違いない。

4 私の記憶が正しければ、ゆきちゃんは<u>まるで</u>上司の遠い親戚ですよ。

新制日檢模擬考試解答

第一回

問題 1

| 1 | 3 | 2 | 1 | 3 | 4 | 4 | 3 | 5 | 2 |
| 6 | 4 | 7 | 4 | 8 | 3 |

問題 2

| 9 | 2 | 10 | 2 | 11 | 1 | 12 | 3 | 13 | 3 |
| 14 | 1 |

問題3

15	1	16	2	17	2	18	3	19	2
20	2	21	3	22	1	23	3	24	4
25	4

問題4

| 26 | 3 | 27 | 2 | 28 | 2 | 29 | 4 | 30 | 2 |

問題5

| 31 | 1 | 32 | 2 | 33 | 2 | 34 | 3 | 35 | 2 |

第二回

問題 1

| 1 | 1 | 2 | 1 | 3 | 3 | 4 | 3 | 5 | 2 |
| 6 | 1 | 7 | 4 | 8 | 4 |

問題 2

| 9 | 2 | 10 | 1 | 11 | 1 | 12 | 4 | 13 | 3 |

| 14 | 2 |

問題3

15	3		16	3		17	2		18	4		19	4
20	2		21	1		22	2		23	1		24	1
25	2

問題4

| 26 | 3 | | 27 | 4 | | 28 | 2 | | 29 | 4 | | 30 | 4 |

問題5

| 31 | 2 | | 32 | 3 | | 33 | 1 | | 34 | 4 | | 35 | 2 |

第三回

問題1

| 1 | 2 | | 2 | 4 | | 3 | 3 | | 4 | 4 | | 5 | 3 |
| 6 | 3 | | 7 | 2 | | 8 | 3 |

問題2

| 9 | 1 | | 10 | 2 | | 11 | 2 | | 12 | 2 | | 13 | 2 |
| 14 | 1 |

問題3

15	1		16	4		17	4		18	1		19	2
20	2		21	2		22	3		23	2		24	3
25	2

問題4

| 26 | 4 | 27 | 3 | 28 | 4 | 29 | 2 | 30 | 3 |

問題5

| 31 | 4 | 32 | 1 | 33 | 3 | 34 | 4 | 35 | 1 |

[25K+MP3]

【自學好用 01】

■ 發行人／林德勝

■ 著者／吉松由美、田中陽子、西村惠子

■ 出版發行／山田社文化事業有限公司
　　地址　臺北市大安區安和路一段112巷17號7樓
　　電話　02-2755-7622　02-2755-7628
　　傳真　02-2700-1887

■ 郵政劃撥／19867160號　大原文化事業有限公司

■ 總經銷／聯合發行股份有限公司
　　地址　新北市新店區寶橋路235巷6弄6號2樓
　　電話　02-2917-8022
　　傳真　02-2915-6275

■ 印刷／上鎰數位科技印刷有限公司

■ 法律顧問／林長振法律事務所　林長振律師

■ 書+MP3／定價　新台幣 320 元

■ 初版／2020年 05 月